[I]

神域の魔法使い

Wizard of Sanctuary

神に愛された落第生は魔法学院へ通う

Written by ケンノジ

Illust 乃希

神域の魔法使い

Contents

wizard of Sanctuary

～神に愛された落第生は魔法学院へ通う～

Written by Kennoji

プロローグ

wizard of Sanctuary

魔法の道を究め、その技術を極めた。

俺は、魔法を使う者として最高の称号である賢者と呼ばれるようにもなった。

だが、俺の知識や技術を誰かに伝えようとは思わなかった。

きっと、理解されない。そんな時間があるのなら、新魔法の開発、既存魔法の改良に時間をあてたかった。

変わり者と揶揄されようが、神域の魔法使いともてはやされようが、外聞を気にしたことなどなかった。

だが、魔法技術や知識がある神域の魔法使いでも、不治の病にはどうも敵わないらしい。

密かに開発した転生魔法がある。

これを試すときが来たようだ。

使わなければ、俺が築き上げたものは、誰にも知られないまま消え去ってしまう……。

死に際になって、一人でも弟子を取っていればよかったな、とようやく思う。

誰にも伝授しなかったことだけが心残りだった。

転生が成功したら、次の人生では、俺の知識や技術は広く公表し、魔法界に貢献しよう。

好きな女がいたら、結婚し、子供を作ろう。その子にすべてを伝えよう。

それができなければ、弟子を取ろう。

今みたいに、ベッドの周囲に誰もいないのは、やはり少し寂しいからな。

そろそろこの肉体は限界だ。

俺は長年研究し開発した転生魔法を俺は発動させた。

………どうやら死んだらしい。

心象風景なのか、俺は雲の上にいて、見上げれば青空と太陽がある。

生まれ変わるための手続きか何かがあるんだろうか。

「やあ。賢者」

声に振り返ると、中性的な顔立ちの男がいた。

「俺を知っているのか」

「もちろん。ボクは君たちニンゲンが言うところの神だから。なんでもお見通しさ」

「それなら話は早い。早く転生させてくれ。すぐに生まれ変われるはずだったんだが……」

魔法は完璧のはずだった。

試したのは今回がはじめてなので、何か俺が不具合を見落としたということか？

「ああ、うん。そうだね。その予定だけど、ちょっと君に話があって」

「話？」

「そう。偏屈で変わり者の君が、魔法について誰かに伝えたいと願うなんて、ボクは思いもよらなかった」

「そのための転生を、今、あんたに邪魔されている」

「ハハハ。そう邪険にしないでおくれ。ボクは、君の魔法技術や知識、魔法への探求心を買ってるんだ。それは場合によっては、神《ボク》さえ凌ぐものだ」

話が見えない。

俺は先を促すように小さくうなずいた。

「君の魔法界へ貢献したいという思いに賛同した。今の世界は、想定以上に魔法技術の進歩が遅くてね。ボクはそれを憂慮していたんだ。図らずも君とは同じ志だったわけさ。だからボクたちの願いが叶えられるように、手助けとなる祝福を与えよう」

神の祝福——。

歴史に名を残す聖職者。

はたまた時の権力者。

英雄。

時代の寵児。

彼らは神から特別な力——祝福を得たとされている。具体的にそれがなんなのかまでは不明だが、その手の人物は神の祝福を得たのだと聞く。

「前の人生では、君は歴史に名を残し、『魔法の父』と呼ばれ後世に語り継がれる人物になれるはずだった」

「偏屈で悪かったな」

「いや、偏屈でよかったんだ。だから探究し、極めることができた。神《ボク》すら認めざるを得ない神域の魔法使いとなれた」

神様らしき男がゆっくりと近づいてくる。

俺の額に手をかざし、聞き取れない言葉をつぶやいた。

何かが変わったとも思えず不思議そうにしていると、神はにこりと笑った。

「神の使いとなった君に、よき二度目の人生があらんことを」

一章

wizard of Sanctuary

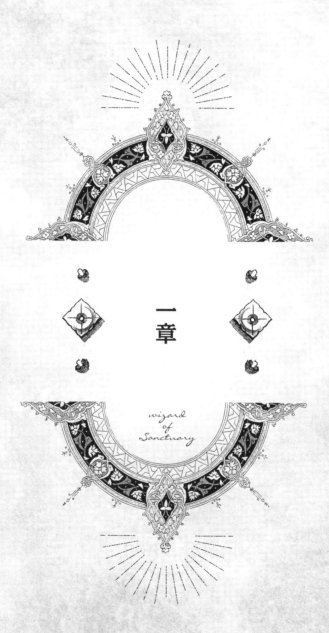

眩しい。

目に入り込んだ光が強く、俺は目を細めた。

その視界の隅で、小さな手が見えた。

かつての俺の手ではなく、弱々しく柔らかそうな手だ。

どうやら、転生は成功したようだな。

「ルーくん、起きちゃった？」

優しそうな美女が俺を抱き上げた。

温かくてほんのりと甘い匂いがする。

ゆっくりと揺らされると、眠気が襲ってきた。

「どうだ、ルシアンの様子は」

「起きちゃったけど、まだ眠そう」

ふふふ、と女性が笑い、男性も笑う。二人とも幸せそうだ。

どうやらこの男女が俺の両親で、俺の新しい名前はルシアンらしい。

「しかし、もっと赤ん坊は泣くものだと思ったんだが」

「お医者さんも首をかしげてて……でも、健康なことには変わりないからって」

「珍しい子もいるもんなんだなぁ。もしかすると、天才かもしれないぞ」

父が言うと、くすりと母が笑った。

「あなた、早くも親バカね。なんだっていいわよ。体が丈夫できちんと育ってくれれば」

両親の後ろにもう一人、中年女性がいた。

「どの夫婦も鑑定前は、みんな似たようなことを言うもんさ」

くつくつ、と中年女性が控えめに笑った。

「ルシアンは、どんな仕事に適性があるのかしら」

「もしかすると、大魔法使いの適性があったりしてな」

親バカだねぇ、と中年女性は笑う。

「あんたたちは貴族と血縁関係でもないじゃないか」

なるほど。赤ん坊のときに適性鑑定を行えば、将来何になれるのか、どの道に進めばいいのかという指標になる。寄り道をしないで済むということか。

鑑定士らしき中年女性に手をかざされた。嫌な気配はない。

黙って待っていると、魔力の気配を感じた。

「いくよ――」

魔力が俺の体を包み、淡く光った。

「ど、どうでした……!?」

「ちょっと待っておくれ」

じい、っと女性に凝視される。

体内まで見透かされるような気分になった。

俺のことを視ようとしているのか。

「ううん？　よく視えない……？」

俺は勝手に能力を透視されないように『隠蔽』の魔法を使っている。

それが今も有効なのであれば、俺の能力は引き継がれていると思っていいだろう。

自分に鑑定魔法を使ってみると、なるほど、神の祝福とやらがなんなのかわかった。

前回の人生でまるで興味がなかった『鍛冶』『創薬』『空間』『重力』『付与定着』など、様々な魔法が使えるようになっている。

最たる贈り物はこれだ。

『神の加護』（あらゆる不運を回避する）。

不治の病は、確かに不運と言えば不運だろう。同じことを繰り返さないように、という配慮かもしれない。

「これが祝福か」

ぽつりと言うと、三人は会話をやめて、こっちを見る。舌が上手く動かせないが、どうにか話せた。

「しゃ、べった……？」

「空耳よ、きっと」

「今この体で、どんな魔法が使えるのか――」

「「「……………しゃべった？」」」

じ、とこっちに視線を注がれるが、構うことはない。いずれ知られることだ。

今のところ、この体に筋力はないに等しい。……では、これはどうだ。

『支援影法師』

たとえば、怪我などによって自分では動くのが困難なとき、影が自身のいつもの動きを再現してくれる魔法だ。

俺は『支援影法師』の魔法で立ち上がる。

よし、問題なく魔法が使えるな。

「「「…………立った……」」」

時が止まったように、目を点にしている三人が固まる。

これは可能、と。

「父母よ。これしきで驚いてもらっては困る」

「「「しゃべってる！　やっぱりしゃべってる!?」」」

「人間一人を育てることは、多大な苦労があると思うが、これからよろしく頼む」

俺はベビーベッドの中で深々と一礼した。

「礼儀正しい!?」

「発言が大人目線!?」

驚いて後ずさりした鑑定人が、尻もちをついた。

「な、なんじゃこりゃぁぁぁぁあああ!?」

腰を抜かすほどとは。

こんなに驚かすつもりはなかったのだが。

「……立ったのがマズかったようだな」

「いやいや！」

「全部全部！」

とはいえ、腰を下ろしてもまだ自分では座っていることすらままならない。

首もふにゃふにゃで、まだ据わってないらしい。

俺は『支援影法師』を発動させたまま、ベッドの上であぐらをかく。

「か、母さん……。生後三日なのに……座り姿が……」

「え、ええ……。座り姿に威厳を感じるわ……」

「自分の食い扶持は自分でどうにかする」

「母さん！　ルシアンが旅の武芸者みたいなこと言い出したぞ！」

『支援影法師』が使えるのなら、こちらも問題ないはず——。

さっそく授かった魔法のひとつ、『重力』を発動させる。

ふわりと体が浮いた。

ふむ。任意の重力に調整できるようだ。これは便利だな。

「宙に浮いてる!?」

「か、可愛い!?」

混乱しているのか、よくわからない反応を母がしている。

「移動するのならこちらのほうがいいな」

衝撃が強すぎたのか、鑑定人の女は白目を剥いてぶっ倒れた。

転生魔法は、親を選べない。

だが、いい両親のようで安心した。

こうして、俺の二度目の人生はスタートした。

◆

転生してから五年が経った。

両親は、俺を大切に育ててくれた。

我がギルドルフ家は農家で、歩いてすぐのところにある畑を父が管理し、母もときどきそれを手伝っている。裕福な家ではないが、それに不満はなかった。

あるとすれば、書物が一冊もないことくらいか。

おかげで現在の状況を知るのに時間がかかってしまった。

現在は、俺が病で没してから約五〇〇年後の世界。

国がいくつか興亡し、国名やその国土、さらに地名が変わっていることもあり、最初は知らない世界かと思ったが、五〇〇年も経っていたのなら、知らない地名や国名が出てくるのもうなずける。

……あれから魔法は使ってない。

赤ん坊の体では反動が強く、あのあと、俺は熱を出して数日寝込んでしまった。

能力として備わっていても、肉体がそれに耐えられないのであれば、しばらく封印するしかなかった。

今は、前回のような反動を食らわないように、肉体に魔力を少しずつ慣らしているところだ。

つい使ってしまった『支援影法師』は、難度も高く相応の魔力も必要とした。

『重力』についてもおそらくそうだろう。

先日五歳の誕生日を迎えたこの体なら、加減した魔法であればそろそろ問題ないはずだ。

「ルーくん、今日はお夕飯何食べたい？」

にこにこ、と母がエプロンで手を拭きながら俺に訊く。

「今日は、肉がいい」

俺の口調もずいぶんと角が取れて丸くなった。

「おっけー」

母の名はソフィア。仕事で今家にいない父はサミーという。

「今日はなんのご本を読んでるの？」

「これ」

俺は背表紙をソフィアに見せる。

「……『神話世界の神々』？　難しいご本を読んでるのね？」

「別に、難しくない」

そぉ？　とソフィアは首をかしげ、キッチンに戻っていった。

「この本、返してくる」

はぁーい、とソフィアの声を後ろに聞きながら、俺は家をあとにする。

書物がないせいで、俺の知っている時代からの歴史について知るのに苦労をした。

運よく三軒隣のフォルセン爺さんの家に、書物がたくさんあることを知ってからは、こうして本を借りるために通っている。

毎日平穏なのはいいが、それを通り越して退屈なのは、少しだけ困りものだった。

フォルセン家の玄関扉をノックして、「ルシアンです」と声を上げる。

そばの窓から、好々爺と言って差し支えのない老人が顔を出すと、ちょいちょい、と手招きをした。

あれがフォルセン爺さんだ。

お邪魔します、と俺は家の中に入る。フォルセン爺さんの部屋に行くと、笑顔で「もう読んだのかい?」と出迎えてくれた。

「これ。ありがとうございました」

「どういたしまして。面白かったかい?」

「そんなに……」

本を返すと、ぱらぱら、とフォルセン爺さんはページをめくる。

「まあ、ルシアンにはまだ少し難しいだろうからね」

そういう意味ではないのだ。

「次はどれにする?」と尋ねられ、俺は大きな本棚を見上げた。

あれこれと勧めてくる本は、子供向けの絵本ばかりで、俺が求めるものではない。

「魔法の本、ありますか？」

「魔法の本？　ははは。そんなもの、普通の家に置いてあるはずもない」

そういうものなのか？

「これはどうだ」

少し考えて、フォルセン爺さんは書棚の上段から『ガスティアナ王国史』と背表紙に書かれた本を取り出した。

「ちぃとばかし、難しいかもしれないが」

「それでもいいです」

そうかい？　と訝りながらも、フォルセン爺さんはその本を渡してくれた。

お礼を言って家をあとにする。歩きながらさっそく本を開いた。かなり古いものらしく、古書のツンとしたにおいがした。

ガスティアナ王国というのは、今俺たちが暮らしている王国のことのようだ。

どうも、生前俺が住んでいた国が名前を変えただけらしい。戦争で多少国土は小さくなっているみたいだが。

ひと通り読んで、ぱたりと本を閉じた。

戦乱で名前が変わってからの情報ばかりで、俺の死後から今までを記したものではなかった。

ふと、背後を振り返ると、小さな女の子が木陰からこっちを覗いていた。さっきからずっとだ。

俺が見ていることに気づいたのか、慌てて木陰に女の子は隠れた。

それから、そおーっとこっちを覗く。

赤毛で赤い目をした俺と同い年くらいの子だった。

「何か用？」

「……じぃじの、本……おもしろくない」

……じぃじ？　ということは、フォルセン爺さんの孫か。

「僕は、ルシアン・ギルドルフ」

「しってる。アンナ・フォルセン」

「何を読もうが、僕の勝手だ。放っておいてほしい」

正論をズバンと言ってやると、アンナはぷう、と頬を膨らませた。

「おもしろくないなら、あそんだほうが、いい……」

「それは人それぞれの自由だ」

ぱんぱんに膨れた頬はまだ戻らない。

「本よんで、なにがおもしろいの？」

「どう感じるかも、人それぞれだろう」

「あ、あそぼ……」

かすかに聞き取れるくらいの小声だった。

……なるほど。俺が本ばかり読んでいるから、遊びたいのに遊べないと。

「……断る。遊興に割く時間はないのでな」

むぅぅぅぅぅ、とアンナは口をへの字にして、目に涙を浮かべた。

「なっ、な、泣くつもりか、おまえ」

「な、なかない、もん……」

断り方がマズかったのか？

しかし、なんと言えば……。

俺が頭を悩ませていると、「おい！　そっちに行ったぞ！」と男の大きな声がした。

「ブギャォ！　プギャォォッ！」

大人ほどもある体格のイノシシ型の魔物が、こちらへ向かってきた。

それを後方から追いかける大人が数人。

槍やクワなどを持っている。中には、俺の父、サミーもいた。

状況からして、畑を荒らそうとやってきた魔物を仕留め損ねたんだろう。

「危ないぞ！　逃げろ！」

涎をダラダラと口から垂らす魔物が、アンナのほうへ突進していった。

「っ――――！」

恐怖で固まるアンナが、自力で逃げることは難しそうだ。

体当たりを受ければ、大人でもタダでは済まない。

やるしかないな。

「……『形態変化』、『構成物質変換』、『最高硬度』」

魔法を発動させる。

反動が多少あったとしてもこの際仕方ない。

アンナのそばにあった木の一部が、アンナの前面を無数の枝で覆った。

魔物が枝の壁に激突。空気が震えるほどの凄まじい衝突音が響き渡った。

俺はほっと胸を撫で下ろす。

アンナを守った枝はビクともしていない。

「なんだ、今の」

「一体何が……」

「枝が不自然に伸びたぞ？」

大人連中が口々に言う。

魔法を使ったのだが、誰もそれをよくわかっていないらしい。

「ルシアン……？　おまえがやってくれたのか……？」

一度魔法を見せているから、サミーに疑われるには十分な理由だった。

「ブギャオオオオ！」

鳴き声を上げる魔物は、かなり興奮しているようだった。

「――おまけだ。『炎上』」

今度は魔物に魔法を使うと、巨体が橙色の炎に包まれた。

魔物が断末魔の声を上げると、炭になった。

「「今度は燃えたっ⁉」」

大人連中が腰を抜かす。

「凶暴なデスボアが、一瞬で炭に……」

デスボアだと……?

俺の知っているデスボアは、山のように大きく、歩けば地震が起き、立ち上がればその足は天界にも届くとされた巨獣の一種だ。

ずいぶん小さく、そして弱くなったな……。

「ギルドルフさんとこの息子さんが……?」

「でも、貴族でもなんでもないのに……?」

「詳しくはわからないが……あれは、魔法、だよな……?」

大人たちが話していると、サミーが確認するように尋ねた。

「ルシアン、やっぱりおまえが倒したのか?」

俺がこくんとうなずくと、大人たちは顔を見合わせた。

「——デスボアはどこだ⁉」

鎧姿に槍を持った男が、こちらへ駆けてきた。

「それが……」

どうやらこの男に応援を要請していたようだ。村人の一人が炭になったデスボアを指差しながら一部始終を説明をした。

「そんな……普通の戦闘力で対処できる魔物では……」

槍の男は呆然としていた。

その間、枝の隙間からアンナがずーーーーっと俺のことを見ていた。

彼女の目は、爛々と輝いていた。

「魔法っ。すごいっ！」


大人たちは、俺が魔法を使ったことに対して、かなり驚いているようだった。

その隙に、俺は現場を離れ森のほうへと歩いていった。

久しぶりに使ったが、これといった反動はなさそうだ。あのレベルなら、肉体に支障はないらしい。

「ルーくん、ルーくん」

ちょこちょこと、ずっと俺の後ろについてきていたアンナが呼びかける。

「何？」

「魔法、どうやったの？　どうやったら使えるの？」

「たゆまぬ鍛練と向上心があれば、誰にでもできるよ」

「たゆまぬ……？」

言葉が難しかったらしく、首をかしげている。

「ルーくんは、貴族サマなの？」

「違うよ。農家の長男だよ」

「でも、魔法って、貴族サマしか使えないんじゃないの？」

「え？」

なんだそれ。

「そんなことないよ」

「そんなことあるもん！　あるったらあるの！」

どうしてそこまで頑ななんだ。

しかし、魔法は、貴族しか使えない……？

『貴族の子弟が学ぶことが多いから魔法は貴族しか使えない』という意味か？

『魔法を学んでいる』『魔法が使える』というのは、貴族の世界では一種のステータス扱いだ。

学ぶのも当然だ。

だからといって、農家の長男が使うのがおかしいかと言えばそうではないはずだ。

「アンナちゃんは、帰ったほうがいいよ。僕これから鍛練するから」

森の入口で暗に帰れと伝えたが、鍛錬というワードがどうやらマズかったらしく、食いついてきた。

「たんれん!?　魔法のっ!?　アンナもするっ！」

「魔法の鍛錬じゃなくて、むしろ体力作りで……」

魔法とは真逆。

なんだかんだで、魔法を使うためには体力もある程度は必要なのだ。

森での鍛練は、今では俺の日課の一つにもなっている。

両親は村のどこかで遊んでいると思っているようだが、本当は森に入って鍛練をしていた。

さっさと帰ってほしいのだが……アンナにそんな様子はまるでなく、キラキラと目をずっと輝かせている。

俺はため息をひとつついた。

まあいいだろう。相手がいないとできない鍛練もある。

それに、前世の魔法技術や知識を広める第一歩と考えれば、ちびっ子の相手も悪くない。

「じゃあアンナちゃん、鬼ごっこしよ」

「鬼ごっこ？　魔法が使えるようになるの？」

魔法、まほう、マホー、さっきからずっとこれだ。この子の中には魔法しかないのか。

「そのための準備だよ」

「わかった！」

「アンナちゃんが鬼で、僕に触れたら交代ね」

「うん！」

元気があってよろしい。

「スタート」

ぱちん、と手を叩くとアンナが首をかしげた。

「……ルーくん、にげないの？」

「うん」

さっそく捕まえようと手を伸ばしてくる。

それをひらりとかわす。むっとしたアンナが触ろうと接近してくると、バックステップをいくつか踏んで、距離を取る。

「む～～～～！」

接近してきたアンナから逃げることはせず、あくまでも捕まらないようにだけ気をつけた。

動物を相手にするよりずっといい。こちらが追いかければ向こうは逃げるだけで、すぐ捕まえられるし、危害を加えようと追いかけてくるような動物は今のところ見かけない。

す、す、す。

アンナの手を、足は動かさずすべてかわす。

いい鍛練だ。

アンナがムキになりはじめ、やがてうっすらと目に涙を浮かべた。

「っ……。……いじわる……」

「ま、まさか、な、泣いてるのか……!?」

「な、泣いて、ない……もん……泣いて……」

涙をいっぱいに溜めて、鼻をひくひくさせて、もう泣く三秒前のような顔をしていた。

「顔と言葉が矛盾してる」

「ルーくん、ズルしてる……！」

「ズルじゃない。これが力量差で、現実だ」

のどをしゃくらせ、ついに泣き出してしまった。

……現実を突きつけたのがマズかったのか？

わぁぁぁぁん、と遠慮することなく大声で喚くアンナ。

「いじわる、するから、かえる～～！」

「意地悪じゃなくて――」

目元をこすりながら泣いているせいか、木の根に足を取られた。

「あっ」

このままなら転んでさらに大泣きするだろう。

仕方ない。

『付与定着』『重力』――二つを同時に発動させる。

すると、転ぶことはなくふわっとアンナの体が浮いた。

よし、初の『付与定着』に成功した。

「ういてる」

泣き止んだアンナが周囲を見回している。

体を元の体勢に戻して魔法を解いた。

「ルーくん、ありがとう」

「ううん。転ばなくてよかった」

「たっち」

俺の体を触った。

「む」

アンナはえへへ、と涙のあとが残る顔を笑顔に変えた。

「るーくん、捕まえた」

「今のはズルだろ」

「終わったって言ってないもん」

ああ言えばこう言う……!

「ルーくんが鬼ね」

「わかったよ」

きゃー、と楽しそうな悲鳴を上げてアンナが逃げていく。

その背中が見えなくなり、追いかけることにした。

『重力』の使い方もわかってきたぞ。

風塵魔法とかけ合わせたら――。

アンナを捜索するとすぐに見つけられた。

大木の後ろに隠れて、体育座りで小さくまるまっている。

「見つけた」

声に、アンナはこっちを見る。

「え？　と、飛んでる～～～！」

空中から捜すとかなり楽だった。

昔は風塵魔法で一時的に浮かぶことはできたが、細かい方向調整もできなかったので、飛行と呼べる代物ではなかったのだ。

だが『重力』があれば、低レベルの風塵魔法を使うことで方向調整が可能になり、もちろん浮かび続けることも容易になった。

大木の枝に着地する。

体力作りの鍛錬と体に魔力を慣らし続けたおかげか、転生後のときのような反動を感じない。

「この体でもずいぶん使えるようになったらしい」

どこまでなら反動を気にせず魔法を使えるのか試そう。

神からもらった魔法もだ。


「ルーくん、もう鬼ごっこしないの？」

「うん。もういい」

そんなことよりも、魔法を試すほうが重要だ。

もらった魔法の『鍛冶』『創薬』――このあたりから試していくとするか。

きょろきょろ、とあたりを見回し、適当な棒と手の平に収まりそうな平たい石を拾う。

『鋭利化』の魔法を石に使い、即席のナイフにした。

デスボアからアンナを助けたときに使った魔法は、一時的な効果を得るだけでその効果は定着しない。

その点、名前通り『付与定着』は、解除するまで魔法の影響下にあるようだった。

手頃な切り株を見つけて腰かけると、向かいにアンナがしゃがみこんだ。

石ナイフを持って、ささくれだった棒を削いでいき、無駄な枝を落とし持ち手を作っていく。

「なにしてるのー?」

「棒を剣にする」

「くんれんの?」

「訓練用のじゃない」

『鋭利化』の魔法を付与してもいいが、元がただの棒。その効果を上げるためには、棒に刃を作ることが必要だ。

強度に関しては、棒なのですぐに折れてしまうだろうが、そこは試作品。これからどんどんステップを踏んでいけばいい。

シュ、シュ、と棒を研いでいくと、みるみるうちに思っていた通りの木剣ができあがった。

「サクサク行きすぎだろう……」

俺でもさすがに驚いた。もっと時間がかかると思ったのに。

これが神の祝福のひとつ、『鍛冶』魔法といったところか。

棒だからすぐ折れるのだろうが……。

アンナから離れて、そばにある木を切ってみると、ズバァァン、とおおよそ子供の腕力では出ないであろう斬撃音がする。

「……」

ゆっくり木が傾いていき、砂煙をあげて地面に倒れた。

「おい、神様。こんなの、ありなのか？」

「す、すごおおおおおおおおおおおおおおい！」

アンナが手を叩いて喜んでいる。

「ルーくん、木を木できった！」

さすがにここまでズバン、と切れると思わなかったがな。

心得はあったが、ここまでとは。

神が与えし『鍛冶』魔法、恐るべし。

「アンナも、アンナも、ルーくんと同じのほしい！」

「断る」

「どうしてー？」

「危ないからだ」

「ルーくんは、使ってるのに?」

「僕はいいの。弁えてるから」

「また、いじわる、する……」

ひぐ、と泣くまいとするアンナが口をへの字にする。

「な、泣くな! 泣けばどうにかなると思っている節があるな、おまえ! あと、意地悪じゃないからな。こいつで怪我でもしたら、親に合わせる顔がない」

魂年齢はジジイと言って差し支えないからな。

俺には、子供がそばにいたら危ないことをしないように、管理監督する責任がある。

びえええええええん、とアンナが大号泣をはじめ、泣き声が森にこだました。

「――ああ、もう、わかった、わかった!」

『鍛冶』魔法は使わず、石ナイフで同じように木剣を作製する。

『鍛冶』魔法を使ってないせいか、時間がかかってしまったが、ぱっと見同じ物が出来上がった。

渡してやると、泣き止んだアンナが、にぱっと笑顔になった。

「ルーくん、ありがとう」

「どういたしまして」

「アンナ、うれしい」

はあ、とため息をひとつついた。

俺のようにアンナが木剣を木に打ちつけているが、もちろん切れやしない。

「アンナちゃん、今日はもう帰ろう」

「うん！」

機嫌よさそうにアンナがあちこちを木剣でペシペシ叩きながら歩く。

「プギャォォッ！」

魔物らしき鳴き声がする。アンナがびくっと肩をすくめて、俺の後ろに隠れた。

「ルーくん」

「魔物だ。たぶん、デスボアだと思うけど」

この森をねぐらにしていたのなら、最寄りは俺の村になる。

畑を荒らしにくるのも納得だ。

「ロォォン……」

別の魔物の鳴き声もした。こちらは元気がなさそうだ。

「ルーくん、あそこ！」

アンナが指さした先では、デスボアに追いかけられる別の魔物がいた。猫ほどの体格をしていて、走り姿がどこかぎこちない。

猫？　キツネ？　の魔物か？

足を怪我しているらしく、上手く走れないようだった。

「ビギャァァァォォォ！」

「オン……ロォォン……」

追いかけるデスボアと逃げるキツネらしき魔物。

どっちが悪いかなんて、俺にはわからないけど、畑を荒らすかもしれない魔物をここで放置するわけにもいかない。

『重力』を発動させ、風塵魔法を使い、デスボアを追う。

遮蔽物が多い森の中で魔法を使うより、こちらのほうが早い。

木剣を構えて、振り下ろした。

「ビャァオオゥゥ……」

断末魔の声を上げたデスボアが、どさり、と横たわった。

木剣なのに、凄まじい切れ味だな。

アンナを襲ったデスボアは炭にしてしまったので、こいつは持って帰って食べることにしよう。

『重力』をデスボアに付与する。宙に浮いているのはさすがに不自然なので、地面すれすれで浮かせておいた。

「ロン……」

大きな瞳と長い耳。ふさふさの白い体毛に、こちらもふさふさの尻尾。

噛まれたのか、突かれたのか、足から血がにじんでいる。

はじめて見る魔物だった。

俺が抱いているキツネらしき魔物は、アンナもはじめて見たらしい。

幸い、暴れることなく大人しくしてくれている。

上手く治療してやれるといいが。

岐路で別れると、ずっとアンナがぶんぶんと手を振っている。キリがないので適当なところで切り上げて、家に帰った。

家では、父のサミーが今日あったことを母のソフィアに聞かせているところだった。

「本当なんだ、ソフィア」

「……ルーくんが？　デスボアを、魔法で？」

「ああ。すごかった。一瞬だったんだからな」

「そんな……何かと勘違いしてるだけなんじゃ……」

父のサミーは、どちらかというと俺に魔法の才能がある、と思っているようだが、母のソフィアは、何かの間違いなのでは、といまだに疑っている節がある。

二人には気づかれないように、こそこそと中に入り自分の部屋へ入る。

そもそもこいつはなんなんだろう。

五〇〇〇年もすれば、新種の魔物、魔獣も出現するんだろうか。

机にのせて、鑑定魔法を使ってみると、種族は『妖精族』と現れた。

……妖精？

森の妖精なら、獣のような容姿ではなく、どちらかというと植物であることが多い。

半獣半妖といったところか。

大きな丸い目が俺を見つめる。

「ロォォン」

特徴的な高い声だった。

可愛い……。ひとまず名前はロンとしよう。

ロンは四本の足を投げ出し、ぐったりと横になった。

今日あれこれ魔法を使い過ぎて、体は重いが、そうも言っていられない。

回復魔法を使う。

ロンの体が淡く光ると、首を起こした。

「ロォン？」

「まだ痛むと思うから、横になってるんだよ」

ゆっくりと撫でると、気持ちよさそうに目を細めた。

回復魔法は、あくまでも治癒力を高めるもの。

傷をなかったことにする魔法ではない。

「ポーションがあれば、もっといいんだけど」

放っておけばロンは治るだろうが、森に帰すのなら早いほうがいい。

「ほら、見ただろ。今の」

「あれは、魔法だったの？」

ひそひそと、部屋の外から声が聞こえる。

「魔法だよ。ルシアンが使って魔物の怪我を治したんだ」

「本当に魔法が使えるのね……」

両親だった。

「お父さん」

「おおう!?　ば、バレてる!?」

「うちにポーションってある？」

「あるぞ」

場所を教えてもらい、一本手に取った。

瓶の中身を見ると、少し濁っていて、粗悪品と言っても差し支えない品だった。

瓶の栓を抜いてにおいを嗅いでいると、きゃぁぁぁぁ!?　と家の外から悲鳴が聞こえた。

ソフィアの声だ。

「ソフィア、どうした！」

「お母さん、どうかした？」

「で、で、デスボアが……し、死んでる……」

あ。玄関のそばに死体を置いていたのを、言い忘れてた。

「もしかして、これもルーくんが？」

「ええっと……食べられるかな、と思って……」

「食べられるには食べられるけど……」

つんつん、と恐る恐るデスボアを突くソフィア。

「ルシアン、おまえ……！」

怒られるかと思ったら、脇の下に手を入れられ、体を持ち上げられた。

「やっぱり、おまえは天才なんだな？」

どうだろう。

そう呼びたがるやつは、当人がどれほど努力しているのか知らないから、簡単にその名で括りたがる。

むぎゅううう、と強く抱きしめられた。

俺が困惑していると、ソフィアはそれを微笑ましそうに眺めていた。

そんなことをしている場合じゃない。

「お父さん、ポーション、たぶん効き目は微妙だと思うよ」

「そうなのか？」

「うん。瓶の中身、ちょっと濁ってたから」

「濁ってたって気にするほどじゃないと思うが」

質が落ちている証拠だ。

神様からもらった『創薬』魔法を試そう。

薬作りなんて以前はまるで興味がなかった。回復魔法があれば、俺にはそれで十分だったからだ。

だが、それは俺の目の届く場所に限った話。

俺がいないときに両親のどちらかが大怪我をしたとき、ポーションはきっと役に立つ。

サミーに下ろしてもらい、薄暗くなった家の外に出る。

『創薬』魔法発動。

風景の中に、光って見える植物がいくつかあった。

あれだな？

ガイドに従いポーションに必要とされるそれらを摘み、持ち帰って調合する。

調合といっても、すり鉢でまとめてすり潰して水と混ぜるだけ。

一応、全部ガイド通りに進めたが、こんなのでいいのか？

疑っていると、鍋が青白い光に包まれて、ポーションができあがった。

それをこぼさないように、ゆっくりと運ぶ。

部屋に戻ってくると、ベッドの上にいたロンが顔を上げた。

「ロン？」

「ポーションできたよ。マズイかもだけど、すぐ飲めばすぐよくなるから」

鍋を机において、スプーンですくったポーションをロンの口元に運ぶ。

すんすん、と警戒した様子でにおいを嗅いで、一度俺を見る。

飲めることを教えるように、ひと口飲んだ。

うん。美味くない。でも質は確かだ。

俺が飲んだことで警戒を解いたらしいロンは、もう一度口元にポーションを運ぶと、ちろちろと舐めた。

それを何度か繰り返すうちに、

「ロロンっ」

どんどん元気になっていった。

足の具合はもういいのか、すくっと立つと、俺の肩に乗ったりベッドに乗ったりと部屋の中を走り回った。

「よかった」

お礼を言うように、ロンが俺の肩に乗って頭をすりすりとこすってきた。

「はは。くすぐったい」

「ローン」


翌日、元気になったロンを森へ帰すことにした。

「じゃあ。元気でな」

肩に乗ったまま全然下りないので、体を持って地面に立たせる。

くるっとこっちを見て、とことこ、と戻ってくる。

「ロオン……」

切なそうな顔をするので、どうにも困った。

飼ってあげたいのはやまやまだが、うちにペットを飼うような余裕はない。

子供なら駄々をこねそうなものだが、俺の魂年齢はジジイと言える。さすがに分別はつく。

もしアンナだったら、泣きわめいて飼うと主張しそうだ。

ロンはくるくる、と俺の足下を回って、すりすりと体をこすりつけてきた。

「俺だって飼ってあげたいんだ」

「ロロン……」

しゃがんでふさふさの毛を撫でる。

こっそり飼っても、隠せるような場所はないし、すぐにバレるだろう。

「ん？　じゃあ、我が家に余裕ができればいいのか？」

「ロン？」

くりん、と首をかしげたロンは、まっすぐ俺を見つめてくる。

「たぶんだけど、大丈夫かもしれない」

「ロン！」

ロンを森に帰すことは一旦保留にし、家に戻ることにした。

家のダイニングでは、仕事に行く前のサミーが朝食を食べ終えたころだった。

「お父さん」

「なんだ、ルシアン」

「畑は順調？」

「え？　ああ、まあ、例年通りといったところかな」

麦をはじめとした穀物を二種類。

他に、余った土地で野菜を数種類育てている。

「興味があるなら、お父さんと一緒に畑に出てみるか？」

「うん」

準備をしたサミーとともに家を出て、農具をしまってある納屋に入る。

農具はどれも使い込まれていた。

買い替えたりしないんだろうか。

鍬と鎌を手に取っていると、使い方を説明してくれた。

「壊れないの？」

「まだまだ。全然。買い替える必要もない」

そうなのか？

鍬の先端は欠けたり、錆びついていたりして、本来の姿とはほど遠いように見えるが。

鎌に至っても同じだ。

サミー自身は、これで慣れているから問題ないように思うのだろうけど、俺からすれば壊れる一歩手前。いつ壊れてもおかしくないように見える。

「……」

「これと、これと、あと他には――」

納屋で必要なものを確認しているサミーの横で、『鍛冶』魔法を使う。

昨日の棒を木剣にしたのとは違って、刃を作る必要はない。

サミーの仕事の効率が上がれば、今まで割いていた時間を別のことに使えるようになる。

農地を作ったり、作物を行商人に預けて町で売っていたのを、自分でできるようになったり。

そうすれば、自然と我が家の収入が上がる。ロンを両親に迷惑かけることなく飼えるようになるはず。

ホワン、と鎌が優しい光を放つ。ついでに魔法付与もしておこう。

「……草刈りするかもだから、鎌も一応持っていっておくか。ルシアン、行こう」

「うん」

外見はさっきと同じだから、とくに気にすることなく、サミーは鎌と他の道具と一緒に持ち出した。

毎日真面目に仕事をしているだけあって、サミーの畑は綺麗なものだった。

収穫前の麦やその他作物は、サミーが言ったように、問題なく育っている。

「……」

これは『創薬』も役に立つな？

「せっかくだから、ルシアンに草刈りしてもらおうかな」

「わかった」

俺がサミーの仕事に興味を持ったのが嬉しかったのか、サミーは適当な草地を見つけて、「ここの草を刈ろう」と鎌で草刈りをはじめた。

「お父さんの手本をよく見てるんだよ」

「うん」

鎌を手にしたサミーが、ザクっと一束にした草を刈る。

「あれ？　力を入れずにスパっと……」

父よ。これが『鍛冶』魔法だ。

鎌は以前の性能を取り戻したはず。いや、この反応から察するに、それ以上の性能になったようだな。

前人生では、魔法使いである俺に、道具は不要だった。だから道具となれば、必然的に誰かの物。

俺はその性能をわざわざ上げたりするようなお人好しではなかった。

けど、こうして驚く顔を目の当たりにすると、なかなかどうして嬉しいものだ。

「ルシアン、まさかおまえが――!?」

言葉を続けようとすると、ザンッ、と周囲の草も同じように切れた。

「えっ？　え？　え？　ここはまだ切ってないぞ——!?」

風塵魔法の一種——『効果範囲拡大』を付与した。

切れ味抜群で、しかも鎌を振るった範囲が拡大される魔法の鎌となったわけだ。

「お父さん、僕が魔法を使ったんだ」

「こ、こんなことができるなんて……！　ルシアン、おまえはやっぱり魔法に愛された神の子なんだな！」

神の子というのは、珍しく的を射ている。

けど、魔法に愛された、なんて表現をされると、なんというかくすぐったい。

サミーは知識がないせいか、魔法を『便利な何か』くらいに思っているようだ。

属性もその種類も、まるで知らないらしい。

これが一般人の魔法知識なんだろうか？

「大したことじゃないよ」

「そんなわけがあるか。おまえにはそうでも、お父さんには奇跡みたいなもんさ」

サミーは嬉しそうにハハハと笑った。

俺が優秀だとサミーは嬉しい——親になったことのない俺には、よくわからない感覚だった。

適当に農具を買ってきてもらい、俺が『鍛冶』『付与』をしていけば魔法の農具になる——。

ん？　このやり口でも商売ができるな？

……売れば儲かりそうだ。

「ルシアン……顔がゲスいぞ。どうした？」

「ううん。なんでもない」

「でもルシアン、いいかい。あまり人に見せびらかすようなことはするんじゃないよ？」

「うん」

俺の能力に嫉妬する輩が現れるのも、無理はない。

過ぎたる力が諍いの種になるのは世の常だ。

「お父さん、ロンをうちで飼いたい」

「ああ。いいぞ」

「え、いいの？」

確認してなかったので、ダメ元で訊いてみたらあっさり通った。

「どうしてダメだと思ったんだ？」

「うちは、裕福じゃないからペットを飼う余裕はないと思って。ロンは、ニワトリみたいに卵を生まないと思うし、ネコやキツネみたいにネズミを狩ったりしないと思うし」

「そこまで考えたのに、どうして飼いたいと思ったんだ？」

「可愛いから」

「それで十分じゃないのか？　飼う理由なんて」

サミー……。

サミーは俺の頭を撫でて、自分の仕事に戻った。

指示された草地の草刈りを、鎌を使わず風塵魔法で瞬時に片づける。

「え、え――。あれぇぇぇええ!?」

仰天するサミーを置いて、俺は家へ戻った。

ロンを飼っていいかどうかを、念のため母のソフィアに訊くと、渋面を作ったものの「自分できちんとお世話するのよ?」と条件つきで承諾してくれた。

「ロン、よかったね」

「ロンっ」

こうして、家族が増えた。

二章

wizard of Sanctuary

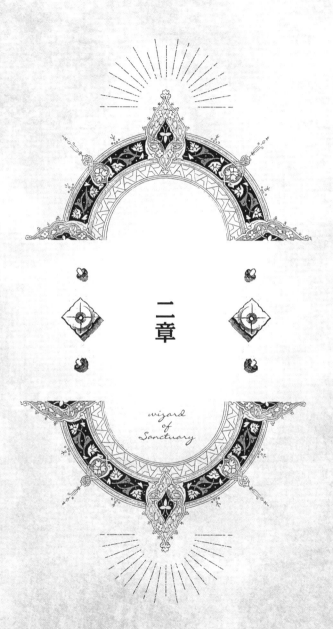

「ルーくん、あーそーぼー？」

自分の部屋にいると、家の外からアンナの大声がした。

窓を覗いてみると、思った通りアンナが玄関前で家の中の様子を窺っている。

「げ。今日は構ってる暇はないのに」

どうやって追い返そうか。また魔法を見せろだのなんだのと言ってくるに違いない。

「ロン？」

声に反応したロンが、たたたた、と部屋を出ていってしまう。

「あ、ロン」

追いかけていくと、ソフィアが玄関扉を開けた瞬間に、ロンが飛び出した。

「ロン」

「あ、キツネネコちゃん！　こんにちは」

「ロローン」

ロンが挨拶を返すように鳴くと、ソフィアがこっちを振り返った。

「ルーくん、アンナちゃん来てるわよ」

「……今日は用事があるから遊べない」

ロンを抱いて部屋に帰ろうとすると、ソフィアが不思議そうに言った。

「用事？　ないでしょ、そんなの」

あるんだ、ソフィア。

幼少期といえど、俺は一分一秒を無駄にしたくない。

転生した理由も忘れ、気づいたら年老いていたなんてことは避けたい。

俺の魔法技術を広めるためには準備がいるし、それには時間がかかるのだ。

……なんてことを言っても、信じてもらえないのだろうが。

「じゃあ……邪魔しないんならいいよ」

「うん！　アンナ、じゃましない！」

本当だろうな？　と半目でアンナを見ても、遊べるのが嬉しいのかアンナは目をキラキラと輝かせている。

「仲良くするのよ？」

「わかってるー」

こっち、と俺は言って、アンナを部屋へ案内する。

「なにするの？」

「アンナちゃんは、ロンと遊んでて」

「うん！」

ロンを離すと、ぶるぶる、と体を震わせて首の後ろを後ろ足でかきはじめた。

「ロンって名前にしたのね」

「うん」

俺は椅子に座り机と向き合い、昨晩に思いついたことを実践する。

指先に魔力を集め、空中に文字を書く。

「……ルーくん、なにしてるの？」

「見てわかるでしょ」

「わからないよ」

わからない……？

魔力で書いた文字であれば、紙もペンも要らないから便利なのだが。

目の前には、俺が今日から書きはじめた魔法技術についての序論がある。

これが、見えない……？

「まさか……」

魔力の可視化ができない……？

よくよく考えれば、魔法の一般知識がないとすれば、無理もないことか。

試しに、ソフィアにも同じことをしても、

「え？　何？」

さっぱりのようだった。

畑仕事中のサミーに試してみたが、結果は同じだった。

「ルシアン、文字を書いたのか？　ふふ。さてはクイズだな？」

違う。違うんだ、サミー。

指を走らせて何を書いたのか当てるクイズを出しているわけではないんだ。

「今、魔法の文字を空中に書いたんだ」

「魔法の文字なんて、アンナ、はじめてきいた！」

子供ゆえの無知というわけではないらしく、サミーも驚いている。

「魔法の文字……？　そんなことができるのか？」

「町に行けば、わかる人いる？」

「どうだろうな。お父さんの知っている限りじゃ、魔法学を学んでいる貴族の方々くらいだと思うぞ？」

貴族だけ？　魔法を学んでいる……？

仕方ない。紙はかさばるし重くなるから避けていたが、頼るしかないようだ。

知識や技術がある人間にだけ読めるものを書いても意味がないからな。

俺のやりたいことは、魔法技術を伝えること。それには身分や人種、年齢は関係ない。

両親のような、魔法とは無関係の生活を送っている人に理解されてこそだ。アンナのようなちびっ子にもわかるように書いてやらないと。

「お父さん、紙とペンって家にある？」

あっけらかんとした様子でサミーは答えた。

「ないぞ」

なぬぃ……？

「ルーくん、変な顔！」

キャハハ、とアンナが楽しげに笑う。

言われてみれば、それらしき物を我が家で見たことはない。農家に紙もペンも必要ない……か。

「アンナちゃんちにはある？」

「ないとおもう！」

元気いっぱいに答えてくれた。

「お父さん、紙とペンって、どこにあるの？」

「町で買わないと、村の人たちは持ってないだろうな」

「お父さん、紙とペンがほしい。紙でなくても羊皮紙でもいいよ」

ハハハ、とサミーは爽やかに笑った。

「買ってしまうと、一か月分の生活費がなくなってしまうぞ」

冗談言うなよ、とでも言いたげに笑い飛ばす。

「冗談だろ……」

一か月分の生活費？　そんなに高価なのか。

なんてことだ。

「どうした、ルシアン。がっかりして」

「ルーくん、紙とペン、ほしいの？」

「うん。ほしい」

ペンは炭でも代用できるが、後世に残すためとなると、やはりインクとペンのほうがいい。

しかし、そんなに高価なものをねだるわけにはいかない。

どの道お金は必要というわけか。

『創薬』と『鍛冶』を使って紙は作れるようだが、何分手作業なので一枚作るのに時間がかかる。

魔法書を作るためには、一〇〇〇枚以上は必要だ。

紙を作ることを考えれば、紙のための資金を作るほうが早い。

慰めるように、ロンが足下で俺にまとわりついて体をこすりつけてくる。

森に入って魔物を狩ってもいいが、いずれ限界がくる。それどころか、狩り尽くしてしまうと連綿と続いた森の生態系を壊すことになりかねない。

そうなると、二次三次と被害が波及していってしまうだろう。

魔物を狩って素材を売るのはなしだ。生物学者でもない俺には、被害の予想がまるでできない。

目の前の金ほしさに、魔物は狩るべきではないな。

やはりサミーの仕事をサポートするほうが無難だろう。

考えを巡らせながら、自分の部屋へと帰る。

「ロン、ロン」

椅子に座ると、膝の上にロンが飛び乗ってくるので、もふもふ、と触る。

心地よくなったのか、ロンが目を細めて眠ってしまった。

何かいい手は……。

「ルーくん、むずかしいこと考えてる」

農具で効率を上げても、天候次第で作物は育ちもするし枯れもする。

農家は収穫量と収入が比例する――。

そうか。それなら……。

『創薬』魔法を発動させて、農薬を作ることにした。

幸い我が家と家の周囲で材料が揃うようなので、それを集め、調合していく。

怪我をしたロンのために作ったポーションのように、二種類の薬品ができあがった。

「ルーくん、なにをつくったの？」

「作物の成長を促す薬と、その作物を食べる虫を予防する薬」

「ふうーん？」

あまりわかってないようだ。

さっそくその薬を持って、サミーのところへ行き、効果を説明する。

「その手の薬は、あるにはあるんだが、金もかかるし効果がイマイチなんだ」

「僕が魔法で作ったやつだから、効果はあると思うよ。お金もかかってないし」

「そうなのか？」

半信半疑のサミーはすべての作物に使わず、一部だけに俺の農薬を使った。

賢明な判断だ。万一失敗すれば収入がゼロになってしまう。

数日後。

俺の農薬をまいたところだけ、他と比べて明らかに生育状況がいいと、サミーが教えてくれた。

「ルシアン、すごいぞ、おまえの薬は！」

「よかった。作物を食べてしまう虫を予防してるから、お父さんはいつも通り育ててくれたら、いい実がなるよ、きっと」

「こうなれば全部だ。全部にまくぞ！」

「足りなさそうだから、もっと作るね」

「ああ！」

紙とペンを買うための農薬だったけど、収穫を待たずにして、噂を聞きつけた人たちが、俺の農薬を買い求めた。

適正額よりも少し安いくらいのご近所価格として売り出すと、瞬く間にお金を稼ぐことに成功した。

「ルシアン、これで紙とペンを買ってきなさい。これだけあれば十分だろう」

「ルーくん、無駄遣いしちゃダメよ？」

農薬の売上金を、両親はまとめて俺にくれた。

生活費の足しにしてくれてもいいのに。

真面目で優しい両親に感謝し、俺は町へ行くことにした。

町に行くにあたり、俺はソフィアから色んなことを言い含められた。

「知らない人についていっちゃダメよ？」

「うん、わかってる」

「あとは、用事が済んだらまっすぐ家に帰ってくること」

「うん」

「お金、落とさないようにね？」

俺のことを子供扱いするソフィアは、一人で町へ行くことを心配していた。

まあ子供なのだから子供扱いで間違いはないのだが。

対して、サミーは楽観的だった。

「ルシアンは大丈夫だよ、ソフィア。いざとなったら魔法でドッカンだ」

「そういうことを言っているんじゃありません！」

「はい……」

サミーの言う通り、魔法でドッカンとはしないまでも、何かあればどうにかするつもりでいた。

俺を特別な子供として扱うサミーと、普通の子供として扱おうとするソフィアとは好対照だった。

「お母さん、ロンも一緒だから大丈夫だよ」

「ロン！」

こうして、両親に見送られ、はじめてのおつかいがはじまった。


家を出て、村をあとにし、『重力』と風塵魔法を使って最寄りの町へと移動する。

子供の足なら二時間と言われた町まで、二〇分とかからず到着した。

到着したダルクの町は、付近では一番の商業地域のようで、人も多く活気にあふれていた。

我が家の作物は、行商人に預けたあと、ここで売られることが多いそうだ。

「紙とペン、あとインクか」

「ロン～、ロン～」

俺の独り言に応えるように、ロンが歌うように返事をした。

雑貨屋かどこかにあると思うんだが……。

あちこちを見回していると、それらしき店を見つけた。

中の様子を窺ってみると、思った通り、紙に羊皮紙、インクやペンなどの小物雑貨が売ってあった。

「坊主、何か用か？」

あごひげを蓄えた熊のような主人がぬっと現れた。

「こんにちは。紙とペンとインクをください」

「くださいって……おまえ、金は持ってんのか？　全部で合わせると一二万リンするが……」

一二万か。サミーの見立てよりも安いな。

しかし、どうしてそんな高値なんだ？

疑問は置いておき、麻ひもで束ねられたお金を一二万リン分主人に渡す。

「これで」

俺と手元のお金を何度も主人は見比べ、数えたあとで俺の頭を撫でた。

「疑ってすまなかったな」

商品を受け取り、俺も一応確認する。

ペン一本に、黒いインクが入った壷。あと目当ての紙が三〇枚ほど。

「三〇枚か……」

「悪いが、ウチに置いてあるのはそれだけでな。あまりたくさん置いてても、盗まれると大損害だから」

価値のあるものをたくさんは置いておけない、と。

たった三〇枚では、魔法書にはまだまだ全然足りない。

馬蹄の音がいくつか響いてくると、身なりのいい男と使用人らしき老年の執事が、店の前に止めた馬車から降りてきた。

「主人、ここに紙はあるか」

二〇代半ばくらいの身なりのいい男が、中に入るなり威勢よく言う。主人は俺を一瞥して困ったような顔をし、すぐに笑顔に変えた。

「デラデロア様、いつもごひいきにしていただき、ありがとうございます。わざわざいらっしゃるとは、珍しいですね」

「雑貨屋殿、町の視察ついでなのです」

と、執事が丁寧に説明する。

……主人は俺に渡した分しか紙はないと言っていた。

面倒なことになりそうなので、紙束を胸に抱いて、会話をする三人の脇をそおっと通る。

「マクレーン・デラデロア様が、魔法学をさらに勉強なさると仰いまして」

「ああ。書き留めるのは、竹や木でも構わんが、あれらはかさばる。やはり紙が一番使い回しが利くのだ。学ぶために、今回は元宮廷魔法士を家庭教師として招いていてな！」

ハハハ、と機嫌よく笑い声を響かせるマクレーン。

主人との世間話から察するに、どうやらこのマクレーンという男が、俺の村を含めた町一帯の領主らしい。

「わざわざお越しいただいたのに、申し訳ないのですが、今紙を切らしていまして……」

「何、そうなのか」

魔法は、貴族しか使えない――。

転生してから、まだ俺は他人の魔法を見たことがない。

執事が、さらに勉強をする、と言っていたから、マクレーンが魔法を学んでいることは確かなようだ。

気になる……。

主人と目が合うと、さっさと行け、と小さく顎を外にむけてしゃくった。

時間を稼いでくれているのに、すまない、主人。

魔法技術がどれほど進歩したのか、この目で見てみたい。

特権階級しか使えないとされているのなら、なおさらだ。

俺のこの魔法への探究心はどうしても抑えが利かない。

ロロ〜ン、と促すようにロンが鳴いて、前足で俺の足をたたし、と叩く。

「なんだ、この不思議な獣は——。ん？　そこの子供、おまえが持っているのは紙ではないか」

ついに紙のことに気づかれた。

「さっき、ここで買いました」

「ふむ。譲れなどとは言わん。伯爵家デラデロアの名が泣く。おまえが買った値段の倍で紙を買い取ろう。悪い話ではないだろう？」

「いえ。僕も紙がほしくてここまで来たので、いくら積まれても売れません」

ピシッ——、と空気が凍ったのがわかった。

主人は、なんてことを、とでも言いたげに天を仰いでいる。

「何？　オレの学びを妨げるつもりか」

「それよりもおじさん」

「おじさんではない。オレはまだ二七歳だ」

「意外と年食ってますね」

ピシッ――、とさらに空気が凍ったのがわかった。

執事は主の顔色を窺って慌てている。

ロンだけ、のん気にあくびをしていた。

「き、貴様……！」

「失言でした。すみません、それは謝ります。――そんなことよりも。使えるのなら見せてください！　僕に魔法を！」

「坊主、魔法のことになるとグイグイいくんだな……」

驚いたように主人がぼそりとつぶやく。

「力づくでこいと？　ふ、フフフ……ハハハハ！　いいだろう！　宮廷魔法士長に『エーゲル地方にマクレーンあり』と言われたその魔法、見せてやろう！」

表へ出ろ！　と意気込むので、俺は言われた通り店を出て、マクレーンと対峙する。

「マクレーン様、相手は子供で……」

執事が言うと、フンとマクレーンは鼻を鳴らした。

「わかっている。驚かせるだけだ。クク、チビるかもしれんがな！」

「領主様、お願いします」

俺はぺこり、と一礼する。

「礼儀正しい坊やだ……」

感心したように執事がこぼすと、「行くぞ、ちびっ子！」とマクレーンが魔法を発動させる。

「風の精霊……この理、我が呼びかけに応え給え――『ウインド』」

足下に魔法陣が現れ、魔力消費に応じて緑色に輝く。

こちらに手の平を向けると、ヒュォォ！　とそよ風が吹いた。

「フハハハ！　どうだ⁉　驚いたか！」

マクレーンは満足げだった。

風の精霊？　そのような輩は、この世界にはいないはずだが……。

今のような魔法を使う者が、五〇〇年前にもいた。

だが、それ以上前に俺はその存在を否定し、説を立証していた。

人間が魔法を使うとき、精霊は一切無関係でなんの干渉もしない。では、どうして魔法が使えるのか――。それを俺が立証したことで、精霊不存在説は確かなものになった。……はずだったが、まさか『頭がおかしい引きこもりの戯言』扱いで、俺の立証した説は見向きもされなかったのか？

世間には浸透しなかったのか――？

「チビってしまって身動きもできないか？　おい、この子供に替えのパンツをくれてやってくれ！ハハハ！」

いいだろう。精霊も呪文も必要ない『魔法』を見せてやろう。

「『ウインド』」

風塵魔法の初歩を発動させると、突風が吹き荒れる。

「な、なんだ、これは――⁉」

「この力は一体――!?」

主従ともども風から身を守ろうと、腕で遮ろうとする。

通りに置いてあった木箱が舞い上がった。

「ローン!?」

ふわーっとロンも風で飛ばされてしまった。あ、まずい。

木箱を操作してマクレーンの顔面すれすれで落とす。

「ひえっ……」

「これが、『ウインド』……風塵魔法の初歩です」

マクレーンが尻もちをつき、執事が目を剥いて俺を見つめた。

「坊や、君は一体……」

まだ宙にいるロンが落ちてくるところだったので、がしっとキャッチ。前足でぺしぺし、と抗議するように腕を叩いてくる。悪かった、悪かったって。

まだ驚愕の顔をするマクレーンの股に目をやる。

どうやら、替えのパンツが必要なのは、俺じゃなく領主のほうだったらしい。

◆

ガタゴト、と揺れる馬車の中で、俺は現代魔法についてマクレーンから話を聞いていた。

マクレーンから「詳しく話を聞かせてほしい」と頼まれたので、今屋敷へと向かっている。

用事が済んだら真っ直ぐ帰れとソフィアに口酸っぱく言われていたが、向上心を持つマクレーンの気持ちを無視するわけにはいかなかった。

俺や両親が住む村の領主でもあるマクレーンは、貴族の嗜みとして幼少期から魔法を学んでいたが、もっと上手くなりたいという思いから、最近また魔法学を学び直しているそうだ。

「少なくとも、オレが知っている魔法というのは、精霊に呼びかけ、魔力と引き換えに魔法を発動させるものだ。オレが、というより、それが世界的な常識だ」

なるほど。

やはり、俺が前人生で提唱した精霊不存在説というのは、どこかで握りつぶされたらしいな。

向かいの席にマクレーンと執事が座り、俺の膝の上ではロンが健やかに眠っている。

「ルシアン坊ちゃんは、一体魔法をどこで教わったのです？」

「ええっと、それは、まあ、色々あって」

執事の質問を誤魔化しているうちに、ふと疑問を思い出した。

「貴族様しか魔法を使えないというのは本当なんでしょうか」

当然のように二人がうなずき、マクレーンが続けた。

「ルシアンのあれは、魔法ではないのでは、と思っていたが……」

「いえ、あれは――」

「わかっている、魔法だというのだろう？」

「精霊に呼びかけもせず、呪文を唱えることもなく、あんな力を使うなど……ルシアン坊ちゃんはまさか精霊様の化身なのでは」

「両親がいる普通の人間の子供ですよ」

と、謎の子供精霊説を否定しておく。

「やはり、まだ未熟なオレでは判断ができない。先生にも同じ話をしてもらえないか？」

「構いませんよ」

「ルシアン坊ちゃん、礼儀も言葉遣いも正しく……ご両親が立派に育ててくださったんですねぇ」

うんうん、と執事は好々爺然とした表情でうなずいていた。目線が孫を見るそれだった。

「どうして貴族様しか使えないのでしょう」

「それは血筋だ、と。血縁が魔法の才能を左右するためだ、とオレは聞いている」

「然様《さよう》でございます」

血筋？

魔法の才能に血縁は無関係だ。

魔法を一部の人間にしか使えないようにする、というような、恣意的なものを感じる。

誰だ、そんなことをしたやつは。俺がやろうとしていることと、まるで逆ではないか。

俺の魔法技術や知識を伝える――それは、魔法界に貢献し、魔法技術を発展させる狙いがある。

そうなるには、色んな人間が魔法を使えるようになったほうがいいのだ。

様々な魔法の見方、考え方、それに対するアプローチ。

一部の限られた人間が頭を悩ませるより、魔法を使える様々な人が考えたほうが技術は進歩する。

そのはずなのだが……。

本来進歩するはずのものが進歩していない――それを神様は危惧していたのかもしれない。

俺の考えを広めるためには、まず閉鎖的な魔法に対する考え方から改める必要があるようだ。


馬車に揺られること三〇分ほどで、マクレーンの屋敷に到着した。

「ルシアン坊ちゃん、お時間はまだ大丈夫ですか？」

「紙を買ったら真っ直ぐ帰るように、と母に言われていますが、日没までに帰れば問題ないと思います」

「……日没までに？」

執事は太陽が傾いた空を見上げる。日暮れまであと一時間ほどか。

町へ向かったときのように飛べば、家まで三〇分もかからず帰れるはずだ。

「無理を言ってしまってすまないな。ルシアン。ネルタリム村だったか？　それなら、馬車でも少し時間がかかってしまう」

「はい、すぐにお送りしなくてはご両親が心配なさいます」

「いえいえ、お構いなく。一人で帰るほうが早いので」

「「？・」」

さっぱり意味がわからない、という二人の顔だった。

屋敷に入ると、主の帰宅を出迎えた使用人に上着を預け、「こっちだ」と先導するように廊下を進む。

貴族の家というのは、どの時代でも似たようなものらしい。

俺が知っているそれと大差はない。

ただ、田舎なので、都の貴族と比べれば質素なほうなのだろう。

応接室に入ると、執事が一礼する。

「では、わたくしめはこれで。ここへいらっしゃるように、先生にお伝えいたします」

「視察の付き添いご苦労だったな」

いえいえ、と首を振って、去っていった。

先生……。たしか宮廷魔法士の職に就いていたのだったな。

お茶と茶菓子のクッキーが出されロンと食べていると、扉がノックされ外から少女の声がした。

「マクレーン様、ソラルです」

マクレーンが入室を促すと、ソラルと名乗った少女が入ってきた。

金髪碧眼の目鼻立ちの整った少女だった。一四、五歳といったところか。

マクレーンが俺との事情を説明すると、ソラルはこっちを一瞥して鼻で笑った。

「あり得ません」

「とは、オレも思うのだがな」

「精霊の力なくしては魔法は発動しません。もしそれを『魔法』だと言い張るのであれば、マクレー

ン様、ペテンを疑ったほうがよろしいかと」

「子供がわざわざ？」

「うっ……それは…………そ、そうです！」

引っ込みがつかなくなって開き直ったのがわかった。

「きっと、マクレーン様に取り入るために、準備を進めていたのです」

なんという濡れ衣。

「この子の使った『魔法』とやらは、手品、ペテンの類いなんです」

……ここまで言われるとはな。

前人生でも言われたことはついぞなかった。俺の魔法を、ペテン、手品だとコケにされたのははじめてだ。

「フフ、いいだろう、小娘。そこまで言うのなら見せてやろう」

「なぁーにが小娘よ。私よりも年下のませガキちゃんが」

ませ、ガキ……だと⁉

俺の気持ちを代弁するように、ロンがソラルに向かって鳴いている。

「ロロン！　ロン！」

「何この子、可愛い」

ロンの癒し力に目を奪われている隙に、俺は魔法を発動させた。

「お、おほん。ともかく。マクレーン様、惑わされないでください」

俺の力を目の当たりにしたマクレーンは、納得いかなさそうだ。

ソラルがクッキーを手に取り口に運ぶ。

ガキ、と硬質な音がし、手元のクッキーを見つめた。

「硬っ⁉　何これ⁉」

「宮廷魔法士サマも、大したことがないらしい。『硬質化』の魔法も見抜けず、そのクッキーを食べようとしてしまうとは」

「え、『硬質化』……？」

「土属性の初歩だ」

「し、知ってるわよ、それくらい！　でも、その魔法で、こんなに硬くなるなんて……」

「驚いたか」

「お、驚いてないわよ……！」

顔は十分驚いているぞ。

「しょ、しょーもないイタズラしないでよね……いつの間にそんな魔法を……。まったく」

気を取り直すように紅茶の入ったカップを手に取る。

「『焦熱』」

火炎魔法を発動させると、ソラルのカップに入った紅茶が瞬時に蒸発した。

「な、な、な、何よこれぇぇぇ⁉　『焦熱』って、もっと効果範囲が広い魔法よ⁉　それをこんな子供が、一瞬で使うなんて」

「魔法の才能に年齢は関係ない。それと、『焦熱』を広く大きく使うのは、バカでもできる。精緻な魔法制御能力があれば、ピンポイントに仕かけることも容易だ」

「嘘……」

「謝罪してもらおうか。俺の魔法をペテンだの手品だのと貶めたことを」

うぐぐぐ、と悔しげな表情をしながら、「ごめんなさい」とソラルは謝った。

俺が魔法をかけているのも忘れて、ソラルはまたクッキーを口にして、「硬いっ!?」とまた驚いていた。


この時代では、魔法は精霊の力を借りて発動するもの——というのが常識らしい。

「魔法学院では、そう教えてるのよ」

「ルシアン、魔法学院というのは、魔法を学ぶための場所だ。我がガスティアナ王国では、同様の王立学院が五つ、各地方に存在している」

ふうん。そこが旧態依然とした精霊魔法を広めている諸悪の根源というわけだな。

その魔法学院には、ソラルもマクレーンも通っていたという。

俺の時代では、貴族は魔法使いの家庭教師を雇って個別に学んでいた。学院という便利な教育機関があるのなら、利用しない手はない。

「僕もそこに通ってみたいんですが、どうしたらいいんでしょう？」

マクレーンとソラルが目を合わせて、少し困ったような顔をする。

「……ルシアンは、普通の、村で生まれ育った子よね」

「はい」

「となると、難しいかもしれない。魔法学院に通うためには、貴族の血縁関係である必要がある」

「どこかの子供を拾って養子縁組をして、貴族の子供になったとしても、魔法の才能ナシと判断されてしまうわ」

血筋というのをそれほど大切にしているらしい。

「貴族の血縁者でなければ魔法の才能がないという話ですが、それなら僕はどうなるのでしょう。両親は魔法の素養がまるでない村人です」

ううん、と二人が考え込んでしまう。

貴族でなければ魔法を使えない――その常識は、俺という存在がいることですでに矛盾している。

「あまり聞かない話だが、特例として通える場合もある……らしい。噂程度の確かな話ではないが」

そんなことがあるんですか、と初耳らしいソラルも首をかしげた。

「抜群の才能を示した少女がいたそうで、その子は商人の娘だった。無視するわけにはいかないとして、学院に通うことが許されたらしい。あとあと調べていくと、貴族の遠縁だった、というオチがついたわけだが、ともかく、許された時点では『貴族の血筋に連なる少女』ではなく『商人の娘』として許された」

「では、僕も村人だけど通える可能性がある、ということですか？」

「噂話だからどこまで信憑性があるかは不明だが、もし本当の話なら、ルシアンでも通えるだろう」

「推薦状くらいなら、私、書いてもいいわよ」

「本当ですか」

「イタズラしたことを謝ってくれればね？」

ソラルはフフン、と勝ち気な表情で鼻を鳴らす。

この小娘……クッキーを硬くしたり紅茶を蒸発させたことを根にもっているのか。

「イタズラしてごめんなさい」

「いいのよ！　別に！　私、寛大だから。許してあげる」

……なぜか負けたような気分になる。

「まあ、私の推薦状がどれほどの効果があるかはわからないけれど」

「元宮廷魔法士の推薦なら、そこらへんの魔法使いとはわけが違う。きっと、ルシアンのためになるはずだ」

「ソラルのお姉ちゃん、ありがとう」

「い、いきなり、しおらしくしたってダメなんだから。……ね、ねえ、もう一回お姉ちゃんって言ってみて？」

リクエストに応えて、それから一〇回ほどお姉ちゃんと言ってあげた。

そのたびにソラルは悦に入って、表情を綻ばせていた。

お姉ちゃんと呼んでお願いをすればなんでも聞いてくれそうだ。

俺とソラルが話をしている間、つま先を見ていたマクレーンは何か考えていたようで、視線を上げた。

「ルシアン、魔法学院とは関係なく、デラデロア家専属の魔法使いにならないか？」

「専属の魔法使い？」

「ええええええ!?　専属!?　学院卒でもなんでもないのに!?　しかもこんなちびっ子に!?」

ソラルが驚いている理由も、専属の魔法使いという意味もよくわからなかった。

「どういう意味ですか？」

「あのねえ。子供だから知らないんでしょうけど、専属の魔法使いってことは、魔法顧問みたいなもので、私みたいにただの家庭教師として雇われるのとはワケが違うのよ」

「オレの相談役のような役回りだと思ってくれて構わない。相談に対して、魔法的見地から意見をもらいたい」

なるほど。

しかし、思いきった人材登用をするものだな。

「ルシアンの話では、魔法はもっと技術進歩をするのだろう？」

「はい。みなさんが知っている魔法の常識というのは、すでに否定されているものです。新常識があって、それをベースに理論を構築すれば、もっと様々なことができるようになります」

「君のように、呪文を唱えなくてもいい、と？」

俺は自信を持ってうなずいた。

「ねえ、ルシアン。『魔法』は、変わるの？」

「はい。変わるはずです。色んな人が使えるようになって、様々な考えをした人が出てきて、試行錯誤を繰り返し、当たり前だった魔法技術は過去のものになって、新しい魔法技術が、今よりもっと世界を豊かにしていくはずです」

それが、前の人生で俺がやり残したことでもあった。

魔法界へ貢献し技術革新を進めるには、まず現在の常識を覆すところからスタートのようだ。

まずは両親に事情を説明してきなさい、とマクレーンに言われ、俺は屋敷をあとにした。


家に帰ると、ソフィアが出迎えてくれた。

「ルーくん、遅かったけど、ちゃんと紙は買えた？」

「うん。買えたよ。それよりも、これ――」

俺は買ってきた紙とは別の、筒状になった紙をソフィアに渡す。

事情を説明したとき、子供の戯言だと思われないように、とマクレーンが書いてくれた手紙だ。

読みながら、信じられないとでも言うように、手紙と俺に目線を往復させた。

「サミー、サミー、ルーくんが――」

呼ぶと、やってきたサミーもその手紙に目を通す。

反応はやはり対照的で、サミーは嬉しそうに目を剥いた。

「ルシアン、おまえ、すごいじゃないか！」

魔法界のためにもルシアンを魔法学院へ通わせたい、ということ。そのため援助を惜しまない、ということ。手紙の内容を要約すると、この二点が書かれている。

「おかしいわよ。貴族しか通えないはずよ」

「そんなこと、領主様が一番よくわかっているだろう。それでも、ルシアンを通わせたいと仰ってるんだ」

「そんな……。まだ五つなのよ？」

ソフィアは、俺のことを心配してくれているせいか、不安そうだった。

俺の口からも説明をした。

魔法についてもっと学びたい、魔法学院に行けなくてもマクレーンが専属として雇いたいと言ってくれていると。

「オレたちの子を信じよう」

悲しそうな顔をするソフィアを、サミーが抱きしめた。喜んでくれたサミーですら、少し寂しそうな表情をしている。

両親に迷惑や心配をかけるつもりはないが、俺のことを想ってくれることは素直に嬉しかった。

数日後、マクレーンとソラルが直々にやってきて、両親に話をした。

二人は、俺の稀有な才能を力説した。決して頭ごなしに話すようなことはせず、両親にわかるように説明をしてくれた。

「ルシアンが生まれた前後で魔法の歴史が変わるかもしれない。それほどなのだ」

「元宮廷魔法士の私も、マクレーン様が仰ることは大げさではないと感じています」

少々大げさな気もするが、魔法学院へ行くための後押しをしてくれているのだと思うと、感謝の念に堪えない。

「魔法学院は、貴族の血縁者が通う場所。授業料などの学費も、それなりに設定されている。だが、安心してほしい。我がデラデロア家が全面的に支援する」

「しかし、それは……」

顔を見合わせる両親は、その点には難色を示していた。

裕福では決してないので、喜んで受け入れると思っていたから、不思議に感じた。

思わぬ展開に、マクレーンが困ったように言う。

「だが……。一般的な農家の収入では……」

「ご両親、ここはマクレーン様のお言葉に甘えたほうが……」

「少し、時間をください」

サミーが言うと、ソフィアもうなずいた。

それからしばらく、両親が何をしているのか、俺にはまったく知らされなかった。

変化があったとすれば、村のみんなが俺に優しくなったことだ。

虐げられていたわけではないが、以前と比べると、よく世話を焼きたがる人や親切にしてくれる人が増えた。

そして、とある日の夕食で、サミーが改まったように訊いてきた。

「ルシアン、魔法学院に行って、おまえは何をなしたいんだ？」

「学院に通って、今の常識を覆す。当たり前とされている魔法を壊す」

「魔法を学ぶのではなく、壊す、か」

ハハハ、とサミーは声を上げて笑った。

今の常識でも、良し悪しがあるはずだから、少なくとも何が常識とされているのかを学ぶ必要はある。

いきなりどうしたのだろう、と俺は首をかしげた。

俺が学院に通うのは反対だったソフィアは、今日は何も言わず、慈悲深い笑みで俺を見つめている。

サミーが、革袋を机にのせた。どちゃっと、重みのある音が響く。

「ルシアン。ここに、三〇〇万リンがある」

「そんな大金、どこから――」

俺が驚いていると、ソフィアが続けた。

「これは、学院に通うためのお金とその間の生活費よ」

学費は、マクレーンに支援してもらうつもりでいたが、生活費のことはまるで頭になかった。

三年間通ううちの一年分だという。残りの二年分は、どうにかするとサミーは言う。

時間をくださいとマクレーンに伝えてから、二週間ほど経っていた。

――まさか。

村中から寄付してもらったんじゃ――？

俺が作った農薬でよく作物が育つようになったものの、それだけでいきなり裕福になんてならない。

だから、村の人たちに俺のことを話して回ったんだろう。

貴族の血縁者しか使えない魔法が使える、不思議な子供の話を。

「ルシアン、おまえは、魔法を使えないというだけで足蹴にされて、蔑まれた人たちの希望だ」

俺は、そんな御大層な人間じゃない。

自分の未練のために転生をして、今こうして生活をしていて……。

「ルーくん、大切に使うのよ」

受け取ってくれるか？　と優しく言うサミー。

俺はずっしりと重い革袋を手に持った。

中は小銭だらけ。

……魔法学院に通う理由が、さらにできてしまった。

魔法が当たり前のように使われる前人生の時代では、能力に対する不満はあっても、魔法が使えないことに対する不満を持つ人はいなかった。

使えないからといって、差別されることもなかった。

だが、サミーが言ったように、この時代では、差別されている。

特権階級の証として、魔法を学ぶ——。

支配層とそれ以外を明確に分けるための、基準となってしまっている。

だがそんなものは、学問ではない。

魔法は、肩書きのために学ぶものではない。

誰かを見下すために習得するものではない。

もしかすると、こんな世の中にみんな辟易しているのかもしれない。

金持ちからすれば、はした金に過ぎないかもしれないこのお金は、みんなの願いが込められているのだろう。

……道理で重いはずだ。

革袋の中から「この世界を変えてくれ」——そう聞こえてくるかのようだ。

「領主様には、お礼と援助の断りを入れるつもりだ」

マクレーンの申し出を断るつもりだったことに、納得がいった。

特権階級からの施しは受けないという、一般市民としての意地があったのだろう。

「まあ、お金が集まらなければ、援助のお願いを改めてするつもりではいたが……思いのほか、集まった。みんな、ルシアン、おまえに期待をしてくれているんだ」

その気持ちを裏切れるはずもなかった。

……俺が現代魔法を壊す。

その先入観を、現実を、固定概念を、覆す。

誰もが豊かな生活を送るために、魔法が学べる世界を創る。

三章

wizard
of
Sanctuary

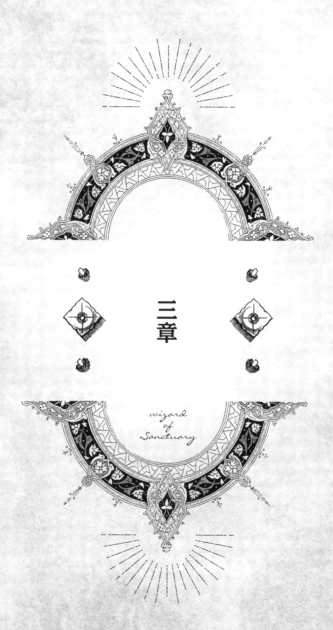

「ここか」

多くの少年少女が建物の中に入っていく出入口付近で、俺は立ち止まった。

魔法学院とやらの場所は、サミーがメモに書いてくれていたので、迷うことはなかった。

正式には、王立エーゲル魔法学院と呼ぶそうだ。

エーゲル地方だからエーゲル魔法学院。

各地方にひとつあるという話だったから、別地方では、エーゲルのところが変わるのだろう。

背負った鞄の中には、入学の手付金である五〇万リンが入った革袋があった。

加えて、ソラルが書いてくれた推薦状を持っているが、いきなりやってきた子供の相手をしてくれるのだろうか。

もしものときは、事情を説明するしかないな。

「考えても詮無いことか」

なんとかなるだろう。

俺は学院の敷地内に入る。

貴族の血縁者を預かる場所とあってか、セキュリティは完備されており不審者対策もしてある。まあ、程度は知れているが、ないよりはマシだろう。

「子供……？」

「ちっちゃーい」

「誰かの弟？」

俺よりも背の高い一〇代半ばに見える少女たちが、こぞって俺に注目をする。

一人がしゃがんで目を合わせてきた。

「どうしたの？　何かご用？」

「ここに入学をするために、やってきました」

くすくす、と遠巻きにしている生徒たちが笑っている。

「ああ、入学じゃなくて、正しくは編入です」

それで笑われているのかと思ったが、どうやら見当違いだったらしい。

好意的な笑顔ではあるが、やはりこの見た目では小馬鹿にされても仕方ないか。

「お勉強しに来たの？　偉いねー？」

なでなで。なでなで。と少女に頭を撫でられる。

ううん……完全に子供の戯言だと思われているな。

別の少女が俺を覗き込んだ。

「どこからの来たの？　迷子かな」

「家はネルタリム村です。今日はこのダンペレの町にある宿屋さんから来ました。迷子ではありません」

その宿屋の主人は、マクレーンの知人らしく、事情を知っていたので話も早かった。連れてきているロンは、あてがわれた部屋で今は留守番だ。

しばらく両親とは会えないが、ソフィアが時間を見つけて、たまにこちらに来てくれるらしい。

「ネルタリム村？　すごい遠いね……」

「お名前は？　いくつ？」

「ルシアン・ギルドルフです。五歳です」

わかりやすいように、手で「5」とやってみせる。

「「「……っ」」」

少女たちの目線がさらに優しいものに変わった。

「偉いねー。こんなところまで一人で。お母さん、どこにいるんだろうね？」

「私たちでお母さん捜してあげよう」

「ええ。そうしましょう！」

何人かが、真面目な顔でうんとうなずき合った。

「あの、僕はここには、一人で……」

「ルシアンくん、ジュースとか飲む？　お姉さん、今ひとつあるんだけど。アップルジュース」

「いえ、遠慮しておきます。喉は乾いてないので」

「ズルーっ。あ、わたしも、わたしも！　ビスケットあるよ？」

ジュースもビスケットも、ずいっと強引に渡されてしまった。

い、要らない……。

アップルジュースは、リンゴの形をした容器に入っていた。

というか、俺の話をまったく聞いてくれない少女たちは、勝手に盛り上がっている。

迷子のルシアンくんは、お母さんを捜しにここにやってきてしまった、という設定がいつの間にかできあがっていた。

そうなら中には入れないだろうに。

俺が困っていると、ひょい、とアップルジュースを少女が取りあげた。

正直、要らないし持て余していたので助かる。

「ストロー刺してあげるね。このほうが飲みやすいでしょ?」

ぷす、とストローを刺して、俺に返してくれた。

そうじゃない……そうじゃない……。俺が困っているのはそこじゃない。

だが、善意を踏みにじるほど俺は悪人ではない。

ストローでちゆうう、とやってみると、なかなかどうして、甘くてほんのりとした酸味が実に美味。

村では飲めないものだ。

しげしげ、とリンゴの容器を見つめてまた飲みだすと、少女たちが目を輝かせた。

「の、飲んでる……」

「ちっちゃい口で一生懸命飲んでる……」

「おいしい? アップルでよかった? オレンジもあるよ?」

「わたし、子供が好きそうな食べ物、ちょっと買ってくる——!」

まるで保護された子猫だな。

このままじゃ埒《らち》が明かない。

俺は村の代表として、ここに来ている。

保護されて門前払いされるわけにはいかないのだ。

「『ウォーター』」

水流魔法の初歩を使ってみせた。

「え――っ」

「魔法？」

驚きを口にした少女たちに、廊下から水流が一本、二本、と立て続けに飛び出した。

「きゃあ!?」

「冷たいっ！」

魔法はそれぞれ少女たちに命中し、ずぶ濡れになる。

加えて、廊下も水浸しになってしまった。

「今の、ルシアンくんが……？」

俺はこくんとうなずいた。

「す、すごい……」

「『ウォーター』って……水分なんてどこにもないのに」

ん？

水流魔法を使うときは、水分が近くに必要なのか……？

なんと不便な……。

「しかも、魔法名を口にしただけで、水魔法が発動するってヤバくない……？」

「ああ、でも、びしょびしょ……」

魔法を使えることや、ここで勉強をする必要があることを理解してもらうための魔法だ。

被害を与えるのは本意ではない。

『『ウインド』』

今度は風塵魔法を発動させる。

さっきの『ウォーター』と同様、加減しておいた。

「今度は風魔法っ⁉」

ビュオォォォォ。

廊下に突風が吹き荒れ、少女たちに吹きつけた。

「と、飛ばされるぅぅぅ⁉」

髪の毛が乱れ、例外なくスカートの裾を押さえつけ、目を開けていられないほどの風圧だったようだ。

そのおかげで、衣類の水分はすべて吹き飛んでいた。

水流魔法は略され水魔法。

風塵魔法も同じく略され風魔法と呼ばれているようだ。

ヒュウゥゥ………。

魔法がやむと、少女たちはその場にへたりこんだ。髪はボサボサ、服も乱れ放題だった。

「僕、魔法が使えるんです」

「それは、『ウォーター』でわかったけど、どうして二属性使えるの……？」

「……どうして？　どうしてって……どういう意味ですか？」

少女たちが目を合わせた。

「普通は一属性だけだから」

誰だ……そんな間違った常識を植え付けたやつは。

俺は頭痛を堪えるように、こめかみを押さえた。

「ルシアンくんってすごいんだね」

「すごいかどうかはわかりませんけど、僕は迷子じゃなくて、魔法の勉強をするためにここに来たんです」

「そういや、最初、そう言ってたっけ」

ようやく真に受けてくれた。

「でも、ルシアンくん？」

一人が怒ったような表情をする。

「急に魔法を使ったらダメだよ？」

と、注意された。

うむ。一理ある。制御ができない魔法を使ったりはしないが、何かが原因で制御不能になる可能性もなくはない。紙ほども薄い可能性だが。

力を理解してもらうためとはいえ、びしょ濡れにしたり乾かしたり、髪の毛をボサボサにしてしまったことは謝ろう。

「ごめんなさい」

「うん。よしよし。『ごめんなさい』ができて、偉いねー？」

なでなで、と頭を撫でられた。

◇

完全に子供扱いをされた俺は（見た目が完全にそうなのだから仕方ないが）、少女たちに案内されて、教務室と呼ばれる場所へと連れてこられた。

どうやら、ここは教師たちの控室のようで、室内にいた何人かの大人が俺のほうを見た。

「子供……？」

「先生、この子迷子みたいで」

「いや、だから僕はここに通うために……」

魔法は魔法、これはこれ、ということらしく、少女たちは俺が通おうとしていることは半信半疑のようだ。

髪の毛を後ろでくくっている男の教師が言った。

「通う？　てことは、編入希望者ってことかい？」

「はい。お金も、ここに」

背負ったリュックを下ろして、革袋を机の上に置く。

「大金だな……。本当に……？」

いまだに信じられないらしい教師は、革袋と俺を何度も見比べる。

「お父上様の爵位は？」

「……爵位はありません」

「そうか……。まあ、今どき珍しくもないのか」

貴族の血縁者というのは、遠縁でも問題ないらしいので、父親が貴族である必要はない。

勝手に勘違いしてくれたのはラッキーだ。

用紙を渡されて、記入欄があったのでそこを埋めていく。

名前、年齢、出身地、両親の家系、魔法学習経験の有無。あった場合は得意魔法の記入――。

両親の家系の欄で手を止めた。困ったな。両親の家系は知らない。家も納屋も古いので、どちらかの親が農民だったのだろう、というのは想像に難くない。

知らない村人との会話を聞くに、二人ともあの村近辺の出身だと思う。田舎特有の、小さいときからの知り合いが周囲に多すぎる。

「わからないなんてないだろう。貴族なら自分の出自くらい知っているものだ」

「ゲルズ先生、ルシアンくん、魔法を二種類使えるんです。だから貴族だと思いますよ？」

「に、二種類!?」

信じられないとでも言いたげに、教師はこちらを見る。ゲルズという名前らしい。

俺がうなずくと、援護するように少女たちが口々に声を上げた。

「ちっちゃくてもすごい子はすごいって、先生言ってたじゃーん」

「水と風属性の二種類。さっき使ったの、私たち見たんです」

一番効果が高そうな物を持っていることを思い出し、推薦状を教師に渡す。

「これ。ソラルって人が書いてくれました」

「ソラル？　最年少宮廷魔法士の、あのソラルか？」

この界隈では有名な少女だったのか。

ソラルの勝ち気な顔を思い出す。

……そんな才能溢れるようにはまったく思えなかったが。

宮廷魔法士は辞めていて、マクレーンの家庭教師に収まっていることをみんな知らないようだ。

ゲルズは頭をかくと、「よし、わかった」と言った。

「ちょうど僕が編入や入試の審査をしている。だから、ちょっとした試験を受けてもらうよ」

どうにか、門前払いは回避できたようだ。

「試験があるんですね」

「うん。以前までは家系が証明できたらなかったんだ。けど、肩書き目当てで入ってくる者が増えてしまってね」

嘆くようにゲルズは頭を振る。

試験の場所まで歩きながら、近況を教えてくれた。

「ここで魔法のイロハを学ぶんだけども、『魔法の勉強をしていた』というだけで、庶民たちは見る目を変えるからね」

この時代の魔法は、例外はあるものの、特権階級だけの技術らしいから、特別な目で見るのも無理はない。

ゲルズ曰く、だから試験で成長の余地があるかどうかを判断する必要があるという。

入学したものの、ろくな魔法が使えないまま卒業する者がいれば、学院の評判にも響いてしまうそうだ。

学院の教師も、なかなか大変らしい。

それだけ、魔法を学ぶということは、人を選ぶことのようだ。

俺が魔法を使っただけで、村のみんなが驚くのも道理というわけか。

「よし。ここで力を見せてもらおう」

やってきたのは、ゲルズが演習場と呼ぶ校庭だった。

ゲルズが何かつぶやくと、青白い半球状の膜が周囲を覆った。

魔法障壁の一種だ。だから演習場なのか。

「学院に入るためには、専用のカードキーが必要なんだ。君はどうやって中に入ったんだい？」

「解除して入りました」

「はぁっ!?　か、解除――――!?」

「安心してください。もっと強いセキュリティを張り直したので。敵の魔法部隊、一個連隊が集中攻撃しても持ちこたえるはずです」

「ちょ、え。意味が……。どういうこと……」

おほん、とゲルズが威厳を取り戻すように大げさな咳払いをした。

「……君の実力は、ソラル宮廷魔法士も認めているようだが、あの推薦状がねつ造の可能性もある。すまないが、確かめさせてもらうよ」

「お願いします」

ぺこり、と頭を下げると、ゲルズがさっき渡していた金を数えている。

鉄くずでも入れているとでも思ったのだろうか。

「小銭ばかりだな……」

「すみません。村のみんなが僕のために出してくれたお金で」

「村？　……まさかとは思うが、村出身なのか？」

隠してもいずれバレることだろう。

「そうです」

言うと同時に、険のある表情に変わった。

「さっき言っただろう。素質の有無を見るって」

「魔法が使えるのなら、それは『貴族』なのではないのですか」

「屁理屈を並べるな！　賤しい農民のガキが。どこぞの落ちぶれ貴族の末裔か何かなんだろう？」

うちの両親の血筋を辿っても、貴族には行きつかないと思う。

数百年前の家系図までわかるのなら話は別だが。

ゲルズの言い分が、世間一般の認識なんだろう。

「……僕を貶すのは構いません。ですが『賤しい農民』という言葉は取り消してください」

俺は、サミーがどれだけ毎日仕事に精を出しているのか、知っているつもりだ。

それを、バカにはさせない。

「村人風情が魔法を学ぶなんておこがましいッ！　分を弁えろ！」

前人生でも、貴族にこの手の輩はいた。

排他的な純血主義者。高貴な血が薄れることを極度に嫌う。そして、そうなった者をとことん見下し、差別する。

ゲルズからすれば、親等が遠ければ、それはもう魔法が使えても貴族ではないのだろう。

「賤しい農民の子を通わせるなど、この学院の品格が問われるだろうッ！」

「……二度言ったな。取り消せと言ったのに――。

「分を弁えて、何かいいことがあるのですか？　足下だけを見て、前も上も見ずに暮らして、それでいいことがあるのですか？」

「ふん。何をしようとも私が不合格と言えば、ここに通うこともできないんだぞ？」

嘲笑するように口元を歪めて、ゲルズは足を一歩前に出した。

「私の靴をなめて綺麗にしろ。そうしたら、考えてやろう」

言っていることが無茶苦茶だな。

なめたところで、どうせ結果を変える気はないくせに。

「そもそも、こんな薄汚い金で魔法を学べるなんて思うなよ」

持っていた革袋を逆さにして、ゲルズは金をそこらじゅうにばらまく。

ついでとばかりに、砂をかけるように地面を蹴った。

「おいッ！」

いかん。少し感情的になってしまった。見ると、ゲルズが少しひるんでいた。

「な、なんだ、い、いきなり大声で……」

「それは、村のみんなや両親が、俺のために出してくれたお金だ」

確かに、お金自体は綺麗ではなかった。

土の汚れがついていたり、それ自体が錆びついていたりした。

裕福な家どころか、水準以下の経済状況の家が多い中で、みんながどうにか出してくれたお金だ。

「薄汚い金が、地面にあろうが袋の中にあろうが、大差はないだろ？」

俺は、ぐっと拳を握った。

今まで俺は、俺のためだけに俺の魔法理論や魔法の新常識を広めたかった。

だが、今はそうではない。

俺に期待してくれる両親や村の人たち。

魔法が使えない――使えないと思い込んでいる世界中の人たちのため。

みんなのために、俺は、ここで引き下がるわけにはいかない。

「俺は――固定概念《おまえみたいなやつ》を殺すために今ここにいる！」

「吠えるな！　村人が！」

風塵魔法『神速』を発動。地面を蹴り、一気に接近する。

ゲルズは、まだ半笑いの表情で俺がいた場所を見ていた。

土木魔法の『部分硬化』を発動。両手足を金剛石並みに硬化させた。

『衝撃無効』の無属性魔法を発動。

跳ね返る衝撃を無効化。打撃の反動で拳や足を痛めて俺が怪我をすることはない。

『痛覚五倍』の無属性魔法を発動。……痛みにのたうちまわれ。

そこで、ようやく俺が眼前にいることにゲルズが気づいた。

「い、いつの間に――。ひ、ひ、火の精霊よぉぉぉ」

遅い。遅い。遅い。おまえが信じ誇った現代魔法はその程度か。

無属性魔法『三連牙』を発動。

右拳をゲルズの腹部に深く突き刺す。

「っ――――!?」

くの字に体が曲がった瞬間に、側頭部へ蹴りを叩き込む。

もし攻撃が見えていたら、俺の手や足は『三連牙』の魔法で三本ずつに見えただろう。

人形のように地面を一度バウンドするゲルズ。

容赦はしない。

追撃し、ゲルズの顔面へ左拳でアッパーカットを見舞う。

ぐしゃり、と腐った果実が潰れたような音がする。

吹っ飛んだゲルズが、壁に叩きつけられた。

「魔法とはこういうものだ。覚えておけ」

◆

ゲルズが撒いたお金を集めていると、ゲルズが気づいたらしく、ぐしゃぐしゃになった顔を触っては、痛みに唇を曲げていた。

「な、なんなんだ、今のは……」

「魔法です」

「あ、あれが魔法であってたまるか！　誰だ、おまえは」

「僕は、あなたが大好きな村人の子供ですよ」

「バカな」と、ゲルズは小さくこぼした。

「これで、力は見せたと思うんですけど、試験は合格ですか？」

苦虫を噛んだように、ゲルズは表情を歪めた。

「……あれは、魔法ではない。詠唱も精霊への呼びかけも何もなかった」

ソラルもそうだったが、魔法とはこうあるべき、という常識では、俺の魔法は測れない。

同様の説明をして、信じてもらえるかどうかは怪しいな。

「よって、魔法の素養ゼロとみなす」

「そんな」

よっぽど村人や一般市民が嫌いなのか、それとも、瞬時にボコボコにされたのが気に障ったのか、それともその両方か。

どうであれ、俺を入学させないつもりらしい。

今さら機嫌を取ったところで、ボコボコにしてしまった事実は変わらない。

どうしたものか。

俺が困っていると、パンパンパン、と緩く拍手する音が聞こえる。

振り返ると、老年の男がこちらへ歩いてきているところだった。

白髪の髪は短く、体格も大きい。

体重移動や視線の配り方は、完全に手練れのそれだ。

元は武芸者の類いだったのだろうというのは、すぐにわかった。

「カーン学長……！」

ゲルズが立ち上がって小さく礼をした。学長……ということは、ここで一番偉い人間か。

「何やら子供がウチにやってきたと聞いてな」

角ばった顔に学長は微笑を浮かべた。

「……どうやらこの子供、ロクに魔法も使えないのに、ひやかしで」

ゲルズの発言に俺は首を振った。

「魔法は使えます。お金も、ちゃんと持ってきました。ひやかしじゃないです」

お金を入れ直した革袋を学長の男に見せた。

「ふむ。子供が来るなんて珍しいと思ってな。さっきの様子を観戦させてもらったよ、ゲルズ」

「でしたら学長もおわかりでしょう。この子は、魔法などと嘯いていますが、あれは決して魔法などではありません」

やれやれ、と大げさにゲルズは首を振った。

「魔法ではないか。そうか。……それで、それの何が悪い？」

「は、はい？」

「ガスティアナ王国魔法使い三〇選であるおまえを、まだこんな小さな子供が、瞬時に叩きのめした。それこそ、魔法か何かのようにな。それだけで、十分な素質であろう」

「で、ですが！　ここは、無粋な軍人や冒険者を教育する場ではなく、あくまでも魔法を教える場所……！　家柄確かな者に魔法を学ばせ、それを伸ばすことが肝要かと。何よりこの子はただの村人の子です」

カッカッカ、と学長は大笑いする。

「その村人の、しかも幼い子供に、おまえは負けている」

「ぐっ……それは、不意を突かれたからであって……」

「不意を突くのも、立派な戦術である」

あの程度のスピードで『不意を突かれた』ことになるのか。

ゲルズは、今まで誰とどう戦ってきたんだ……？

これが王国三〇選の魔法使い、か……。

この国の魔法技術や魔法使いの熟練度がどの程度なのか、おおよそ把握できた。

「ワシはな、ゲルズ」

「……はい」

「おまえの腕と能力を見込んで、入試を任せている。……先ほど示した能力は、まさしく才能の塊であると言えよう。それを不合格とするのであれば、おまえの今後の待遇も考え直さなければならんな」

「が、学長――！　そ、それは……」

「往生際が悪い！　負けを認めぃッ!!」

落雷があったのかと思うほどの怒声に、「ひぃ」とゲルズが尻もちをついた。

ため息を漏らすと、学長はしゃがんで俺に目線を合わせた。

「言いがかりのようなことを言ってしまい、すまなかったな」

「……いえ。もしここがダメなら、他のところへ行くだけです」

この地方にはここしかないが、国単位で考えれば、他に魔法学院はいくつかある。

「はは。そうくるか。ゲルズ、おまえのせいで金の卵をみすみす違う魔法学院に渡すことになりそうだったぞ。反省せよ」

「は、はい……」

まったく、と学長は、うなだれているゲルズから、俺のほうへ視線を戻した。

「ゲルズとのやりとりを聞いていた。村のみんなからもらったお金だそうだな」

「はい。貴族でもなんでもない僕が魔法を使えることを証明して、魔法を差別の理由にさせない、そんな世界にしたいんです」

「ほぉ～。いい夢だ」

じろ、と学長は見下ろす。そしてニッと笑った。

「明日から通うことを許可しよう」

「ありがとうございます」

立つ瀬のなくなったゲルズが、顔をしかめている。

「学長」

「よい。ワシに考えがある。任せよ」

「そういうことでしたら……承知しました」

カッカッカ、と学長は笑い、俺の頭を雑に撫でた。

紹介状とお金を学長に渡し、俺は晴れて魔法学院に正式に編入できるようになった。

初見でソラルが言ったように、ゲルズや他の人たちも、俺の魔法を魔法扱いしてくれない気配がある。

おまけに貴族至上主義という考えが浸透しているだろうから、先が思いやられるな。

『ルシアン、君が「魔法」と呼ぶそれを、我々が魔法として認識することはまだ難しい』

別れ際に、学長は言った。

入学も実力も認めるが、魔法能力を認めたわけではない、ということらしかった。

『よって、編入クラスは一年三組とする』

三学年それぞれ三組までクラス分けされており、優秀な順に一から三となる。

要は、不出来なクラスへ編入されたのだ、と嫌みたらしくゲルズが補足してくれた。

教師である彼の程度が知れているので、一組も三組も、俺からすれば同じようなものだろう。

なんだかんだあったが明日から通えることになった、と結果を心配してくれていた宿屋を営む主人――トムソン・ガリックに伝えた。

足下にいるロンを撫でると、どうやら俺のことを心配していたらしく、「ロォン」と安心したような鳴き声を上げた。

「どうにか魔法学院に通えるようになりました」

「そうか、よかった、よかった！　マクレーン様も、気がかりだったらしいからな」

ここダンペレの町は、マクレーンの領地というわけではないので、入試の結果を彼の権力でどうこうできるものでもないから、ずいぶんと気を揉んでいたという。

聞くところによると、魔法の学徒であるマクレーンは、俺のことを尊敬すらしているとトムソンは言った。

彼はマクレーンとは旧知の仲らしく、マクレーンが口を利いてくれたおかげで、俺はここで寝泊りさせてもらえることになっていた。

「魔法を変える不世出の奇才――とかなんとか言ってたぞ？　オレにゃ、ちょっと賢げな子供にしか見えないがな」

ハハハ、と軽快に笑いながら、俺の頭を撫でる。

奇才か。マクレーンもずいぶんと持ち上げてくれるものだ。

俺の部屋として使わせてもらっている物置小屋に荷物を置き、トムソンがいるカウンターに顔を出す。

「何かお手伝いできることはありますか？」

掃除洗濯、料理の下ごしらえ、それくらいならできるから、と申し出ると、最初は遠慮していたものの、手が足りない部分を手伝うことになった。

食事つきの上に格安で泊めてくれるのは、マクレーンの口利きだとしても申し訳なさがあるので、少しでも役に立ちたかった。

「そうだなぁ……ルシアン、掃除はできるか？」

「はい。できます」

三階建てのこの宿屋は、一階は受付兼食堂。二、三階が客室となっていて、俺の部屋は天上裏にある。

「三階の廊下と空室の掃除をしてもらえるか？」

「わかりました」

俺の二つ返事が不安なのか、「おじさんがまず手本を見せよう」とトムソンが腰を上げた。

掃除用具箱から、はたき、バケツとモップを持って、空室に入り、床掃除のやり方やはたきの使い方を丁寧に教えてくれた。

家ではソフィアが掃除はすべてしてくれていたので、自分でやるのは前人生ぶりだな。

空室は、それほど汚れているようにも見えず、掃除が必要なのだろうかと首をかしげた。あとをついてきたロンも同じように首をかしげた。

「綺麗だと思うのですが」

「そう思うだろう？　だが、ぱっと見綺麗だとしても掃除するんだ。これもプロとしての仕事だからな。手は抜かない」

プロとして……。

なるほど。俺が魔法に関して意地や矜持があるように、トムソンも宿を営むことに関して、同じことを感じているのか。

そんなつもりはなかったが、それなら、俺も手は抜かない。全力でやらせてもらおう。

「道具が大きいから、ルシアンには使いづらいかもしれないが、そこはまあ上手くやってくれ」

返事をして、トムソンから掃除のやり方を一通り教わる。

「夕飯の時間までにできたら上出来だ」

「頑張ります」

俺の身長よりも大きなモップを掴んで、床にモップをかけバケツにつける。ジャバジャバとやると、中の水がすぐに濁った。

「ロン、ロン」

水を見たロンが鳴き声を上げる。

「うん。綺麗に見えていても、汚れていたみたいだ」

じゃあな、と言って去ったトムソンだったが、心配なのか廊下の角からこっそりこっちを窺っているのがわかる。

バケツのところまでいちいち戻るのが面倒だな。

『重力』魔法をバケツに使う。中身がこぼれないようにふわりと浮かせる。

この魔法もずいぶんと上手く使えるようになった。

これはこれでいい修行になるな。

「……バケツが床から浮いてる……？」

ごしごしと目をこすって、トムソンが顔を廊下につけて、できた隙間を確認している。

「こ、これが魔法か……!?」

モップをかけて、浮いているバケツを引き寄せる。すい〜と小気味よく俺の足下にバケツがやってきた。

「か、勝手に動いた……!?」

こっそり見守っていることも忘れたトムソンは、あんぐりと口を開けている。

バケツは重量にすると一〇キロほどあるため、『重力』なしで持ち運ぶとなると、かなり重いし体力を使う。

モップをかけてはバケツを引き寄せる。それが、足にまとわりつく子犬のようにも見えた。バケツが不思議だったらしいロンは警戒しながら前足で突いていた。

何度も繰り返すと、「あのバケツ生きてる……？」とぼそっとした声が聞こえた。

気づくと、バケツの中は真っ黒に汚れた水でいっぱいになっていた。

「汚れたら水を変えるように言ったぞ。ルシアン、今度は何をする……」

トムソンがショーを待ちわびる子供のようだった。

ここは三階。飛び降りて水を流し、井戸から水を汲んでまた戻る——なんてことは、やはり面倒だ。

あまり使ってこなかった神様からもらった魔法——『空間』を練習するいい機会だろう。

『空間』魔法は、空間と空間を繋げて入口と出口の扉を作れるものだ。出口を作らなければ、異次元に物を置いておくこともできる。

『空間』魔法を発動させる。

空間の出入口を作り、入口にむけてバケツをひっくり返す。

「お、おい！　そんなことをしたら水が――」

慌てるトムソンをよそに、外から、じゃー、と汚水の排水音がする。

もちろん、俺が掃除した場所には一滴たりとも落ちてない。

「この音は……」

トムソンが、窓から外を見る。指定した出口は、宿屋裏手にある排水用の溝だった。

「あの汚水が、あそこの溝を流れてるってのか⁉」

さて、バケツが空になったので、新しい水を汲もう。

「さすがに井戸……使う……！　魔法使いだろうがなんだろうが、水は、井戸。汲みに行かざるを得ない……！　川が近くにないのなら、井戸の水。古今東西、そう決まっている」と、小声でつぶやきながら、俺の動向を見守っている。

ずっと見ているのはバレているので、いい加減出てきてほしい。暇なのか？

残念だが、トムソン。

魔法使いは、井戸など使わなくてもいい。

水流魔法『ウォーター』を発動。

空になったバケツが、廊下から飛び出した水を受け、すぐに満ちた。

「魔法……魔法って、なんだ？」

混乱の極致なのか、トムソンは定義を確認しはじめた。

『付与定着』魔法を使い『強度上昇』を掃除道具それぞれに付与した。

それから、風塵魔法『効果範囲拡大』も付与しておく。

これなら、俺がいないときでも主人が楽に掃除ができる。

「……というふうに魔法を使いましたけど、大丈夫ですか？」

隠れているトムソンにむかって言うと、何も言わず、爽やかな笑みでグッと親指を立てた。

問題ないということでいいらしい。

掃除は、魔法の修行にもなっていい。これからも積極的にやらせてもらおう。

夢中になっていると掃除はすぐに終わった。

「あっという間に掃除が終わっちまった……。これが、不世出の奇才……」

子供につけるにしては物々しい称号だと思うが、ありがたく受け取ることにしよう。

◈

翌朝。

朝食前に、魔法を付与して魔道具となったモップとはたきを使い、廊下と食堂の掃除をしていく。

ロンは起きる気配がなかったので部屋に残している。

バケツには光魔法の一種である『浄化』を付与したので、中の水は汚れる度に『浄化』が発動し、どれだけやっても汚れない水となった。

『空間』と『ウォーター』の魔法を汚れる度に使うのも面倒だからな。

今回、布巾が魔道具になったわけだが、『効果範囲拡大』の魔法付与は絶大な効力があった。

「はぁぁ……本当に早いんだねえ……」

主に食堂の仕事を担当している夫人も、目を丸くしながら旦那のトムソンと一緒に、俺の掃除ぶりを眺めていた。

「ルシアンのやつ、すげえだろ？」

「なんでアンタが得意そうなんだい」

「安いとはいえ、宿泊費をもらうのが悪い気がしてきたな。部屋も物置だしよぉ」

「そうだねぇ」

客室を使うか？　と、トムソンに訊かれたが、固辞した。

俺が使っては客が使えず、店の売上に響くかもしれない。そう言うと、「色々と気を使わせてすまねえな」と、トムソンは言った。

二人の会話を聞き流しながら、手を動かすうちに掃除はすぐに終わった。

朝食が少々早い宿泊客がいても、汚れた食堂を晒さないで済むはずだ。

「ルシアン、朝食を準備するから、それ食べな」

夫人に言われ、席で待つことしばらくし、パンとスープと牛乳とサラダが出てきた。

ん。聞いていたものと内容が違う？

「トムソンさんからは、食事は出せてパンひとつくらいと聞いたんですが、いいんですか？」

俺が持ってきたお金はそれほど多くない。

卒業まで間、毎日食事を出すとなるとパンひとつが妥当だ、とこの宿に来た初日に言われたのだ。

もっと食いたいなら、自分で稼げ、とも。

「いいんだよ。主人が出せって言ってるんだから。アタシもそれは同意さ」

ニコニコ、と目を細める夫人の好意に甘えることにして、朝食をいただく。

栄養たくさんの朝食を出してくれる夫妻に感謝した。

この宿屋で仕事を頑張れば、いい食事が食べられるようになる、ということか。

わかりやすくていい。

学院から帰ってきたら、他に手伝えることがないか訊いてみるとしよう。


出かける時間にはロンも目を覚ました。俺について行きたいようで、全然離れてくれない。時間もない。仕方ないが連れて行こう。

宿屋をあとにし時間に間に合うように登校していると、昨日俺を子猫扱いしていた少女の一人に声をかけられた。肩までの栗色の髪と優し気な面立ちをしている。

「ルシアンくん、おはよう」

「おはようございます」

ぺこりと一礼をする。足下を歩くロンも紹介しておく。

「ロンくん、おはよう」

「ロンっ」

「そうそう、昨日のゲルズ先生との戦い、こっそり見てたよ！　やっぱりすごいんだねっ！」

「いいえ、まだ序の口です」

へぇぇぇ、と感心するように少女は俺を見つめていた。

「子供なのに、大人みたいな謙遜をするんだね……」

本心だった。俺は「そんなことはないです」と首を振る。

「わたし、イリーナ。よろしくね」

「よろしくお願いします。ルシアンです」

「まだ子供なのに、礼儀正しいし謙虚……。何か困ったことがあったら、お姉さんになんでも訊いてね？」

ありがとうございます、と返して、通学路を進む。

魔法学院に通うということは、イリーナも貴族の血統を持つ少女なのだろう。所作にどことなく品がある。

「これ、ちゃんともらった？」

イリーナがポケットから出したのは、カード型の鍵だった。

これがあれば、学院に張られた魔法障壁の一部分を一時解除でき、中に入れるのだ。

入学の正式な手続きをした際、俺も渡されていた。

「はい。もらいました」

「昨日はどうやって入ってきたの？　あ、遅刻した誰かが開けた隙に？」

ニマニマしながら、イリーナが尋ねる。

「カードキーを忘れちゃうと、よくそうやって中に入るんだよね～」

割とよくある話らしかった。

俺は、まあそんなところですと言って、濁しておいた。

魔法障壁の前でカードキーをかざすと、ふっと一人分だけ障壁がなくなり、イリーナが入るとすぐに閉じる。試してみると、同じように中に入れた。

「……」

魔法障壁とそれを解除するためのカードキー。

魔法障壁は言わずもがな。カードキーももちろん魔法技術が使われた加工品だ。

……これも、この時代特有の精霊魔法の産物なのだろうか。

「ふむ」

よく調べてなかったが、このカードキーの構造は面白いかもしれない。

前人生で俺は、精霊不要説、精霊不存在説を唱え立証したが、もしかすると、俺の知っている精霊ではないのかもしれない。

もし、俺が未確認の別の何かを『精霊』と呼んでいるとしたら——？

「どうしたの？　あ、はじめて使ったからビックリしちゃったんでしょ？」

「いえ、そういうわけでは」

「いいのいいの。わたしだって、はじめてここに入ったときは、ビックリしたし魔法スゲーって感動したもん」

わかるー、わかるわー、とイリーナは楽しげだった。

俺の話を全然聞いてくれないな。

イリーナは俺が編入するクラスの生徒のようで、教室まで案内してくれるという。

「ロンくんは、隠しておいたほうがいいかも」

ペットは連れて来てはいけないそうだ。

「ロン、悪いけど、鞄の中に……」

「ロォン……」

残念そうなロンだったが、素直に鞄の中に入ってくれた。よしよし、と撫でておく。

校舎から出てきた三人組の少年が、俺に気づいた。

お互いに目を合わせ、嗜虐的な笑みをのぞかせると、こちらにやってくる。

細眉の少年と目が合う。

「おい、ガキんちょ！　ここは託児所じゃねえんだよ。貧乏な村のガキに教える魔法はねえ。わかったらとっとと帰れよぉ～」

シッシ、と犬猫を追い払うように手を動かす細眉少年。

「ロクに魔法が使えねぇのに通うんじゃねえよ」

学院とはいえ、全員がお上品というわけではないようだ。

他の二人もニヤニヤと笑いながら、囃し立てるような声を上げる。

俺からすれば、おまえたちのほうがガキんちょなのだが。

「手続きが済んだ証として鍵をもらっていますので」

俺が続けようとすると、イリーナが少年たちと俺の間に立った。

「ルシアンくんは、学長から合格って言われてるんだから文句は学長に言いなさいよ」

細眉が舌打ちをした。

「イリーナ・ロンド。おめえは関係ねえだろ」

「あるわよ。これから同じ教室で同じ授業を受ける友達なんだから」

イリーナが俺を振り返り、口で「大丈夫だよ」と言った。

友達……。

前人生では、まるで縁がない言葉だった。

彼女がどうして俺をかばうのか、よくわからなかった。

彼らが突っかかってきているのは俺で、イリーナには関係ない。

なのに、どうして。

……俺にはまだ大きく見えるイリーナの背中。細い腕に細い脚。

その手が、少し震えていることに気づいた。

怖い、のか……？

それなら、なおのこと、俺に構わず先に行けばいいものを。

ゲルズを倒した俺をかばう必要なんてないのだ。それをこっそり見ていたのなら、それくらいわかるだろう。

友達というものは、自身には無関係でも守ろうとするものなのか？

「オイ、どけよ」

イリーナが少年たちに強引に押しのけられる。

「きゃっ」

その弾みでイリーナが尻もちをついた。

「ケツがでかいから、別に痛くねえだろ？」

細眉が言うと、他二人が頭の悪そうな笑い声を上げた。

「イリーナさんのお尻は小さいです。たぶん。見たことあるんですか」

「なんか言ったかぁ？　あァん!?」

迷い込んだ子猫みたいに扱われるより、こうして対等に扱ってくれるほうがやりやすくていい。

だが、客観的に見れば、五歳児にすぎない俺に喧嘩を売るなんて、恥ずかしくないんだろうか。

しかも冗談ではなく本気で喧嘩を売っている。

なんと幼いことか。

「身体的なことを悪く言うのは、いただけません。本人の努力ではどうにもできないこともあるからです。それを言うなら、あなたたちも、顔の造形は不細工で見た者を不快にさせるはずです」

あなたも、あなたも、あなたもです、と俺は一人ずつ指さして言った。

「クソガキが……ッ！」

「ナメてんじゃねえぞ」

「しばらく通えなくしてやろうか⁉」

青筋を立てて三人が凄む。

「ルシアンくん、わたしのことはいいから」

イリーナはそう言うが、俺は首を振った。

「友達というのは、利益の有無は関係なく守るもの――イリーナさんが教えてくれたことです」

「何ごちゃごちゃ抜かしてんだ！　魔法戦士志望のオレに、下民のクソガキが楯突くんじゃねえ！」

細眉が喚きだした。魔法戦士？　なんだそれは。

まあいい。そんなに偉ぶるのであれば、見せてもらおう。

「その魔法戦士とやらは、少女や子供みたいな弱い立場の者にだけ強く出られる者のことらしい。ずいぶんとお強いことだ」

「ルシアンくん、生徒の授業以外での魔法使用は厳禁だからね？」

そうは言うが、あちらさんはそのタブーを犯す気満々だ。

「痛い目を見ないとわからねえらしいな？」

「それは僕のセリフです。その無駄な常識を覆してやる――」

「土の精霊よ！　この理、我が呼びかけに応え給え――」

「魔法――!?　ちょ、ちょっとやめなさいよ！」

「『リビルド』」

イリーナの諫言《かんげん》も聞かず、細眉が魔法を使った。

ググ、グググ、と筋肉が増強されて、着ている服がはちきれんばかりにパンパンになる。

一瞬にして体が二回りほど大きくなった。

「……」

ふふふ。なんだこれ。思わず顔が笑いそうになった。

「どぉした、ガキんちょ～。怖くて声も出ねえか？」

笑いを押し殺すので精一杯なだけだ。

「一発殴られれば、町の外まで吹っ飛ぶぜ～？」

たったこの程度の身体強化に、魔力を無駄に消費して……。

俺の魔法理論を正しく学べば、今使った魔力で五倍の効果があるはずなのに。

やれやれ。一体ここで何を学んでいるのか……。

「世の中には無駄な努力というものが存在します。それを実際目の当たりにするとなると、切なくなりますね」

「ンだとぉぉぉぉぉぉおおお！」

思ったことがつい口から出てしまった。

「わ、わたし先生呼んでくる――」

イリーナが立ち上がって駆け出した。

魔法を使うのがご法度なら、使ったとわからないようにすればいい。

闇魔法『不和』を細眉の仲間二人に使った。

「またはじまったよ、しょうもない弱い者イジメが」

ぼそっと細眉の仲間が言う。

「お、オイ！　今なんつった、テメェ！」

「え、え、いや、今のは――」

「口答えすんじゃねえ！」

顔よりも大きくなった拳を仲間の顔面に放つ。

めぎょ、と変な音がして、仲間は校庭のほうへ吹っ飛んだ。

すると、もう一人が、

「アンタそれしか使えねえじゃんか。いつもいつも、ワンパターンなんだよなぁ」

「オィィィィィ！　テメエもかぁぁぁぁぁああ！」

「いや、今のは、違――！　いい意味で、いい意味でだから！」

ぶん、と太い腕を振り回すと、ゴギン、と鈍い音がして、仲間の一人が校舎のほうへ吹っ飛んだ。

ふーふー、と細眉が息を荒らげている。

あっさりと俺の魔法が成功したところを見ると、魔法効果を抑止、妨害するための魔法『レジスト』は誰も使ってないらしい。

それじゃあ、裸で戦場にいるのと変わらないだろうに。

「ガキ！　おまえの仕業か！　『レジスト』は使ってるはずなのにっ⁉　ナンデだ！」

使っていたのか。

悪い意味で驚かされるな。

「それじゃあ、『使ってない』んですね」

「使ってるわァアッ！」

「僕基準では使ってないのと同じです」

ウガラァァあああッ、と言葉にならない雄叫びを上げて細眉が拳を振るう。

あの程度の『レジスト』なら、この魔法はモロに食らってしまうだろうな。

無属性魔法『物理反射三倍』を発動させた。

俺の顔面に拳がぶつかろうかという瞬間、薄い虹色の膜が出現する。

「ぼ、防御魔法ぉ――――ッ⁉」

「違う」

否定の声と同時に、キィィィィィンと甲高い音が鳴る。

攻撃を受け止めると、その衝撃を三倍で返した。

「――んんんんんんんじゃこれぇぇぇぇぇぇえええああああああああ!?」

細眉が吹っ飛び、魔法障壁に直撃して磔になった。

『レジスト』がまともなら、多少相殺されるはずだが、やはりこうなったか。

衝撃を三倍にして返したのに、飛距離は大して出なかった。それなら、町の外まで誰かを殴り飛ばすなんて、元々無理な威力だな。

◆

慌てながらイリーナが戻ってきた。その後ろにはゲルズがいた。

「ルシアンくん、大丈夫だった?」

「はい。僕は大丈夫です」

「よかったぁ」

校庭でノびている少年と、校舎を背にノびている少年を見て、苛立った様子でゲルズは顔をしかめた。

「ライナスはどうした?」

「ライナス? 細い眉毛の人?」

「ああ。そうだ」

「その人なら、あそこに」

指さすと、ゲルズが小さく舌打ちをした。

校舎の中から鐘の音が聞こえる。

確か、あの鐘までに教室にいないと遅刻扱いになってしまうという話だったはず。

「もしかして、三人ともルシアンくんが……？」

「いえいえ。仲間割れをしはじめたんです」

「そうなんだ。ともかく怪我がなくてよかったよ～」

「二人に悪口を言われたライナスさんが、怒って二人を殴り飛ばしたんです」

「そういうことだったんだね」

ほっと胸をなでおろしたように、イリーナは笑みを浮かべた。

ゲルズとの戦いを見ていたイリーナなら、実力は俺のほうが上というのはわかるだろうに。

どうも、俺が幼いせいで心配になるようだ。

イリーナは納得しているようだったが、ゲルズはそうはいかなかった。

失った気を取り戻したライナスがこちらに走ってきた。

もうさっきの魔法は解けており、元の体に戻っている。

「おまえぇぇぇ――――ッ！　あ、先生……」

ゲルズを見るなり、ライナスは気勢を削がれたように大人しくなった。

「ライナス君、これはどういうことだ」

「あ、ええと、これは……」

委縮するようにライナスが首をすくめる。

「魔法を許可なく使ってはならない――それがこの魔法学院のルールだ」

小言がはじまるらしい。

「ルシアンくん、行こう？」

イリーナに手を引かれ歩き出すと、二人の会話だけが後ろから聞こえた。

「あのガキをどうにかしろと言ったのは先生で……」

「知らんな、そんな話」

「そんなぁ……」

「魔法を使い、暴力を振るった。それは、ルシアン・ギルドルフが証言をしている。どうやら君は、この学院の生徒には相応しくないらしい。残念だが、除籍処分としよう」

「ま、待ってください！　どうして!?　どうしてオレが除籍なんて――」

「言うことの聞けない生徒は、ここには要らないんだよ、ライナス君」

「っ……」

立ち止まって振り返ると、ライナスの顔色が真っ青だった。

「魔法戦士志望の君なら、どこでだってやっていけるだろう。これからは家業に精を出すといい」

ぽん、と肩をゲルズが叩くと、ライナスは膝から崩れた。

「……あの」

俺が責任を感じる必要もないが、俺に関わったせいで――となると、寝覚めが悪い。

会話から察するに、ゲルズがライナスをけしかけたのは明白。

ゲルズは、俺を痛い目に遭わせたかったようだ。

そして失敗すればこの仕打ちか。

「なんだ、ルシアン・ギルドルフ」

「それなら、先生も同罪では」

「はっはっは、いきなり何を言う」

「先生は、彼がここにいることを知っていましたよね。どうして知っていたんですか?」

「それは、イリーナ君が教えてくれて――」

途中でイリーナが首を振った。

「喧嘩になりそう、としか言ってないです。誰がいるとは、一言も……」

「……」

苛立ってきたのか、ゲルズは頬をぴくぴくさせていた。

「指示通り動いた生徒の不始末は、指示を出した者が責任を取るべきじゃないんですか?」

「ふぐ……ッ」

「除籍処分」

こんのガキッ、と呻くようにゲルズが言うと、ライナスが神様を見つけたような顔でこっちを見る。

……ライナスをけしかければ、俺が魔法を使うであろうことも予想できたはず。

だが、ゲルズは魔法を勝手に使ったのかどうかは、俺には一言も尋ねない。

「せ、先生、こいつも魔法使ったんです！」

「そうか。それならおまえも除籍だ、ルシアン・ギルドルフ」

「……先生、自分で昨日言ってましたよね。『あれは魔法ではない』『魔法の素養ゼロとみなす』って。じゃあ僕に、魔法は使えません」

「くっ……この……！」

「どうであれ、きっかけを作ったのは、あなたです、ゲルズ先生。それを学長が知れば、どうなるか」

「……」

何も言い返さないあたり、ここが泣き所のようだ。

昨日学長は、顔中に皺を作って、俺が入学してくれたことを喜んでくれていた。

魔法かどうかはさておき、手放しで俺の能力を認めてくれていた。

それもあり、ゲルズも俺を辞めさせるつもりはなかったんだろう。

「この件は、僕やライナスさんでは判断がつきません。もちろんゲルズ先生でも。客観的に判断してくれる学長に一度ご相談したうえで……」

「ま、待ってくれ……そ、そこまでしなくてもいい……学長にご報告するほどのようなことではないからね……は、ははは……」

脂汗を流しながらゲルズは乾いた笑い声を上げた。

「では、ライナスさんを除籍処分にするほどのことでもないですよね？　その程度なら」

「……っ」

「ガキんちょ……おまえぇぇぇ……」

ライナスが涙声で言う。

一限目の授業はもうはじまっているだろう。

初日からさっそく遅刻してしまった。

「あなたのせいで、僕もライナスさんもイリーナさんも迷惑を被りました。僕は初日から遅刻することになってしまいました。……何か言うことがあるのでは？」

「……す、すまなかった」

ぼそっと小声でゲルズは言った。

「よく聞こえなかったのですが」

「――――すみませんでした！」

ビシッとゲルズが頭を下げて言った。

「迷惑をかけてしまったことを、謝罪する……！　本当に、申し訳ない……」

見ていて愉快なものでもないので、俺は踵を返して校舎へと歩き出す。

そうしていると、すぐにライナスが追いついた。

「ガキんちょ……いや、ルシアン……ありがとうな。……それと、ごめんな」

神妙な顔でライナスが謝ると、俺は首を振った。

「いえ、気にしないでください。僕もちょっとした戯れをしてしまいました」

イリーナのことがあったとはいえ、少々大人げなかったと思う。

「あ、あれが、戯れ……？」

ライナスが目を白黒させると、イリーナが何があったのかを訊いて、ライナスが説明した。

「——てわけで、オレは吹っ飛んだ」

「……ナニソレ。物理障壁で、しかも衝撃を返された……!?　もうそれって、物理的には傷一つつかないってことなんじゃゃ……」

「珍しくもないでしょう」

「珍しいよっ！」「珍しいわっ！」

二人の声が重なった。

四章

wizard of Sanctuary

ライナスも俺とイリーナと同じクラスだったらしく、三人揃って後ろ側の扉から教室へと入る。中では、四〇名ほどの少年少女がずらりと席について、教師の話を聞いたり、メモを取ったりしている。ごそごそと鞄の中でロンが動くので、鞄を少し開けた。すると、ひょこっと顔を出した。

鳴きそうなところを、俺が人差し指を立てて「しー」とやると理解してくれたらしく、鳴き声を上げて周囲の注目を集めることはなかった。

「ルシアンくん、こっちこっち」

イリーナが空席を見つけてくれたので、そこへ座る。

くッ。足が届かない……！　この幼児体型め……！

俺が屈辱に震えていると、「またあとでな」と、ライナスは別の空席のほうへ向かっていった。

「男の子も女の子も、いーっぱいいるでしょ？」

「そうですね」

「こんなにたくさんの子供たちを見るのは、はじめて？」

田舎者扱いをされていたのは少し気になるが、転生してからは、数十人の少年少女を一度に見るのははじめてなので、うなずいておいた。

「みんな、まだ入って一か月なんだ。だからルシアンくんとそれほど離れてないからね」

俺のように、途中から編入してくる生徒は珍しいらしい。

はい、これ、とイリーナが教科書を俺にも見せてくれる。

「今は精霊学の授業なの」

精霊学……。

何を精霊と呼んでいるのか、興味がある。

しばらく教師の話を聞くとしよう。

「基本的に魔法とは、精霊の能力を呪文を通じて呼び出すものです。その対価として術者の魔力がエネルギーとして消費されていきます」

出た出た。

精霊の必要性を説く輩は、魔法を目に見えない者の力だと主張しようとする。この時代でも、同じことを考える輩は一定数いるようだ。

実際どうしてそうなるのか――問い質せば理屈なんて話せないのである。

何かあれば挙手を、と男性教師が言うので、俺は手をあげた。

「……君は……」

「よろしいですか」

「うん。なんだい？」

「先生は、精霊を目にしたことはあるのでしょうか？」

「いや、ないが？」

それがどうした、と言わんばかりの態度だった。

「目にしたことがないのに、どうして精霊の能力だとわかるのでしょう？」

「魔法とはそういうものだからです。古の時代から、彼ら精霊の血を引いたとされる末裔が我々なのです」

誰だ、そんなデタラメを広めた輩は。

古の時代？　五〇〇年前にはそんな話を聞いたことはなかった。

「祖たる精霊に血縁者が呼びかけ、一時的に能力を呼び出す――これが魔法です」

こんなことを魔法学院で教えているから、純血思想がはびこり差別意識が蔓延するのだ。

俺の知らない五〇〇年の間に、魔法界に何が起きたんだ？

リュックからペンとメモ帳（布切れを集めたもの）を出して、机に置く。

「……」

く。机と背丈が合わない……！

思わず眉間に皺ができてしまう。

俺が屈辱に震えていると、イリーナが笑いを堪えていた。

「ふふ……か、かわ……いい……っ。あ、あんなに強いのに……」

ちんまりと収まる俺の体と、それに不釣り合いな机と椅子は、さぞかしおかしかったのだろう。

「ちゃんと真面目にメモしようとして、偉い偉い」

「当然です。お金を払って通っているんですから」

「ま、そうなんだけどねー」

ぽんぽん、とイリーナが膝を叩く。

「ここならちょうどいいかもだよ？」

試しに膝を借りて机に向かう。

ぴったりだった。

「しばらく、膝の上を借ります」

「はい、どうぞ」

考えをまとめるために、メモをしていく。

いつからか魔法界では『魔法を使える者は精霊の末裔で血縁者である』という考えが持ち上がり広まった。そしてその末裔が貴族だという――。

前人生のときから、魔法を使うためには精霊が絶対必要だと言い張る輩がいたのは確かだ。

それを俺が精霊不要、精霊不存在説を唱え、立証した。

力を魔法に変換するための体内器官の一種を発見したことが、それらを否定するに至った大きな理由だった。俺はそれを魔力器官と名付けた。

魔力器官が大きければ、魔力の変換効率もよく、扱える魔法の種類が多くなる。

小さければ、その逆。使える魔法がかなり限定されてしまう。

一般的に大きさは不変であり、生まれついてそれは決まっている。

魔力器官の大小が、先天的な魔法の才能といえた。

しかし、調べた結果、努力次第で後天的に大きくすることも可能だとわかった。

……ともかく。

魔力器官の働きによって魔法は発動する――決して精霊頼みではない。

という説を立証したので、広まるはずだったのだが……。

教師が説明を再開する。

「魔法とはもとを糺《ただ》せば、まじないの一種。四大精霊――火、水、風、土……彼らに祈りを捧げるための陣……すなわち魔法陣があり、祈りの言葉である呪文を唱えて、魔力を糧として精霊の能力とされる魔法が発現します――」

この時代の常識では、そういう解釈のようだ。

俺の知っている精霊であれば、彼らはいないし、その呼びかけも無駄なことだ。

だが、俺の知らない何かを『精霊』と呼んでいるのなら、話は違ってくる。

何がどう違うのか、現代魔法をきちんと学ぶ必要があるな。

『精霊』の存在を信じている人たちに、不存在説を提唱しても受け入れてもらえるとは思えない。

ソラルがいい例だ。

魔力器官のことはいまいち理解してもらえなかったので、ここにいる人たちに教えてもきっと無駄だろう。

さて。俺の理論をどう広めたらいいものか。

「はい」

教師の説明を遮り、俺は挙手をした。

「またか。……なんだね」

「本来であれば、魔法陣が必要なのですか？」

「ああ、そうだ。慣れれば呪文を唱えると魔法陣が展開できるようになる。だが、慣れないうちは手書きをすすめている」

旧常識派の言い分は確かこうだったな。

「『魔法を行使するために魔法陣が必要』なのであれば、それは精霊と交わす対等契約の一種です。『能力を呼び出す』ではなく『精霊を介して魔法を使う』となります」

「何が言いたい。魔法を使うことに、変わりはないだろう？」

正しい知識と正しい理解を持ったうえで、はじめて本来の力が発揮される。

五〇〇年前の魔法知識の基礎だ。

「細かいニュアンスが違えば、発動する魔法に影響が出る、と言っているんです」

「これは、精霊学における基礎知識だ。はじめて授業を受けるのか何か知らないが、それはこの魔法界の理だ。今さら何を言うか。もっと勉強したまえよ」

小馬鹿にしたように、教師が鼻で笑う。生徒のみんなは、俺の主張にぽかんとしていた。

「やってみせたほうが早い。イリーナさん、いつも通り魔法を使ってください」

「わたし？」

いいけど、とイリーナが立ち上がり、使い慣れているらしい魔法を発動させた。

「火の精霊……この理、我が呼びかけに応じ給え――『ファイア』」

上に向けた手の平に、ボホォと炎の塊が現れて、すぐに消えた。

「こんな感じでいいの？」

「はい。ありがとうございます。今度は、対等な契約者の意識を持って、魔法を」

「あ、うん。……契約者、契約者……対等……」

ぼそっと言いながら、イリーナは何か考えるように目をつむった。

「火の精霊……この理、我が呼びかけに応じ給え──『ファイア』」

やはり──。

「お、おい……魔法陣が」

「魔力の流れが、さっきよりも段違いにスムーズだ！」

同じようにイリーナは魔法を発動させた。

──ボフォォォォン！

爆音と同時に、イリーナの手の平に巨大な火炎の華が咲いた。

熱波が教室内を走り、空気を焼く。

近くにいた数人の生徒が、驚いて椅子からひっくり返っていた。

「──う、嘘だろ……」

「あれって……上級魔法の『フレイア』じゃ」

「でも、今確かに『ファイア』って唱えたよな？」

一番驚いていたのはイリーナで、目を点にして何度も瞬きをしていた。

「す、すごい……」

イリーナはぺたん、と座り込んでしまった。

「魔法は、正しい知識と正しい理解を持ったうえで、はじめて本来の力が発揮されます」

みんなが納得したようにうなずいて、その言葉をメモにしていた。

「嘘だ。精霊との対等契約？　たったそれだけで……？」

教師も目を剥いて口を半開きにしていた。

「先生も、少々勉強不足だったようですね」

◆

昼休憩中。

講義は一時間ほど休みとなり、昼食をとる時間が設けられている。

空き教室となった場所で、俺とイリーナは時間を過ごしていた。

無駄な時間だ。

腹が減った者は、食事は適当に講義中に済ませればいいものを。

一言一句逃さずに説明を聞いて覚えるなど不可能なのだから、食事をしながら講義を受けてもいいだろうに。

「ルシアンくん、はい、これ食べて」

イリーナが持参していた弁当のふたに、自分の弁当を取り分けてくれる。

「ありがとうございます。でも、いただけません。イリーナさんの分が」

「いいの、いいの。わたしってばダイエット中だから」

これ以上言葉を並べて断るのも野暮だろう。

えへへ、と笑う彼女の厚意に甘えることにした。

ありがとうございます、と俺は小さく頭を下げる。鞄から出したロンにも少し食べさせてあげようと鼻先に近づけると、スンスンとにおいを嗅いでぱくぱくと食べはじめた。

「あ、フォーク……一個しかないや」

「そうですね」

「わたしのを使って」

「いいえ、それには及びません」

『鍛冶』魔法を使い、窓枠の鉄を少し使い、フォークを作る。

「え、ナニソレ」

このままでは窓枠が欠けたままになってしまうので、こちらにも『鍛冶』魔法を使い、鉄を引き伸ばしていく。多少強度は落ちてしまうが、すぐ壊れることはないだろう。

「フォークです」

「見たらわかるでしょ、みたいな顔しないで!?」

俺のフォークは変だろうか。実家にあるのと遜色ないと思うが。

「え、え、どうなっちゃったの?」

「窓枠に使われていた鉄を材料に、フォークを作製し、使ってなくなった窓枠の分を、元ある場所から薄く引き伸ばして元に戻しました」

「意味がわからない！」

思ったことをどんどん口に出してくれる少女だ。

なんというか、いい反応をしてくれるので、俺も魔法を使うのが少し楽しい。

「え、何？　何がどうなって……。魔法？　マホーぉ？　ルシアンくんの魔法ってそんなことができるの？」

「生まれる前に、神様の声が聞こえてこの魔法を授かりました」

少々違うが、本当のことを言って変に混乱させることもないだろう。

びっくり仰天してくれるイリーナ。

「か、神の使いだぁっ！」

いい反応だ。

イリーナが取り分けてくれた鶏肉の炒め物をお手製のフォークで食べる。

うん、美味い。

「る、ルシアンくん、神の祝福を授かってるんだー!?」

「それを祝福だと呼ぶのなら、きっとそうですね」

「納得ー！」

イリーナは混乱と驚愕で、テンションがおかしくなっているらしい。

早く食べないと時間ないですよ、と俺が言うと、イリーナはうなずいて弁当のおかずにフォークを突き刺す。

「……信じられないですよね」

「ううん。そんなことない。他の誰かが言ったら胡散臭いなーって思っちゃうかもだけど……ルシアンくんが言うと、なんかマジっぽいから」

イリーナは、俺のことをずいぶん買ってくれているらしい。

「神の使いだとしても、わたしはルシアンくんの友達だからね」

「……」

イリーナは、まっすぐで正直で、とてもいい子なのだと思う。

俺は、いい人と知り合えたようだ。

「じゃあ、ルシアンくんが村人の子供なのに魔法が使えるのは」

「いいえ、神の祝福とは無関係です」

「そうなんだ？」

五〇〇年前に提唱した魔法理論をイリーナなら信じてくれるだろうか。

「話半分で構わないので、聞いてほしいのですが……」

と前置きすると、真面目な顔でイリーナはうなずく。

俺は、昔からの考えをイリーナに説明した。

「えっと……うんと、難しいからよくわからなかったんだけど、そのナントカが人にはあって」

「魔力器官です」

「そう、それ。それが、魔法を使うときに働くから、精霊は一切かかわりがない、と」

「はい」

ううん、と考えるようにイリーナは唸って、手を顎のあたりに添える。

「ルシアンくんが、廊下で見せてくれた魔法は、呪文を唱えなかったし、ゲルズ先生と戦ったときも、何かの力……あれは魔法だったんだよね？　それを使っていたのはわかった。だから、その説明は、すごく腑に落ちた」

ほっと、俺は胸をなでおろした。

「理解を得られてよかったです」

この世界の常識だと、信じている神を否定しているようなもの。

俺の説が受け入れられない場合は、イリーナと疎遠になった可能性もなくはなかった。

「ルシアンくんの話だと、精霊の血を引く者でなくても魔法が使えるってことだよね」

「はい。僕が実践している通りです」

「じゃあ――精霊学で教わった精霊の血縁って何？　現在では貴族たちが血を引いていて、わたしたちはその末裔。だから精霊に魔法を使わせてもらえる……」

「それは僕にもわかりません。けど、色んな人が魔法を使えたほうが、人も町も豊かになります。魔法は一部の人間の手にあるべきものではありません」

「ルシアンくんは、偉いね。魔法を上手く使おうとか、魔法知識を得ようとか、自分のことしか考えていないわたしは、なんだか恥ずかしくなったよ」

「そんなことないです」

前人生の俺が、まさしくそうだった。

「『精霊』がなんなのか突き止めるために、僕もきちんと勉強します」

「お互い頑張ろうね！」

昼食を食べ終えると、俺は『鍛冶』魔法を使ってフォークを鉄にして元の窓枠に戻した。

「便利だねそれ!?」

やっぱりいい反応をしてくれるイリーナだった。

◈

この日、学ぼうと思った現代魔法を実践する機会はなく、座学に終始した。

わかったことは、精霊信者である教師がそれを生徒に伝え、生徒も魔法はそういうものだと認識させられている、ということくらいか。

あとは魔法の属性についての初歩的な講義や、魔法使いとしての心得や宮廷でのマナー講座、卒業後の進路についての講義だった。

帰りも一緒のイリーナが尋ねた。

「朝はちょっとバタバタしちゃったけど、学院初日はどうだった？」

「講義は、真新しいことを教えてはくれませんでしたが、現在の魔法使いたちがどういう考えなのか知れたのはよかったです」

よく意味がわからなかったのか、イリーナは目をしばたたかせている。

「まあ、明日は魔法訓練の講義もあるから、今日みたいに座りっぱなしじゃないよ」

それはありがたい。

その魔法訓練とやらは、実戦的な魔法の使い方を学ぶ講義のようで、生徒たちも一番関心が強いという。

「特別講師の先生が来て、色々教えてくれるの」

「最後の講義にありましたが、イリーナさんは卒業したらどうするんですか」

「わたし？　わたしは、宮廷魔法士になるための養成学校に通おうかなって思ってるよ」

宮廷魔法士になるための養成学校？　そんなものが、現代にはあるのか。

ソラルも通ったのだろうか。

「宮廷魔法士になって、魔法使いとして名を上げたいの。放っておいたら、隣町の貴族の息子とかと結婚させられちゃうんだもの」

田舎貴族の宿命というところか。何もしないでいれば、貴族同士の繋がりで結婚する――。

悪いものではないと思うが、イリーナはそれが嫌だったようだ。

マクレーンやソラル、イリーナの話からして、宮廷魔法士は魔法使いの憧れの仕事らしい。

俺の時代では、ロクに仕事も魔法の研究もせず、威張っている輩の代名詞でしかなかったが、現代はもっとマシなのだろうか。

「ルシアンくんは、卒業したらどうするの？」

そのことは、講義のときからずっと考えていた。魔法学院は、講義の単位が一定数取れれば卒業ができる。順調にいけば三年。

マクレーンは専属魔法使いになってほしい、と言ってくれているが……。

「僕も、宮廷魔法士になろうと決めました」

「一緒だね」

にこり、とイリーナは笑う。

宮廷魔法士が、一握りの人間にしかなれないのであれば、なる価値はある。

学院で自分の理論が正しいと主張したところで、誰も耳を貸してくれない。

相応の肩書と、実力を示してはじめて、俺の理論を浸透させられるのだと思う。

精霊不要説もそうだが、まだまだ五歳児なのだ。理論以前に子供の戯言に聞こえてしまう。

宮廷魔法士になるには、養成学校に通い試験を受け合格すればなれるようだ。

「また教育機関か」

宮廷魔法士とやらは、よっぽど選ばれた魔法使いしかなれないようだな。

「ルシアンくんなら宮廷魔法士の試験もあっさりパスしちゃうかもね」

また笑うと、イリーナは俺の頭を撫でた。

翌日の講義では、一限目から魔法実践学だった。

場所は演習場で、俺がゲルズと戦ったときのように半球状に魔法障壁が張られている。

「えー。今回から二か月ほど、特別講師を務めてくださる方がいらっしゃっている」

元々この講義を教える教師が朗々と生徒に説明をする。

「宮廷魔法士を最近辞められたそうで、我が校の講師をしたいという申し出があったのだ」

ざわざわ、と講義を受ける生徒たちがひそひそと話している。

「誰？」

「せっかく宮廷魔法士になったのに、辞めるとか、あり得ないでしょ」

「年だから引退した老魔法使いとか？」

ではどうぞ、と教師が呼ぶと、「おほん！」と、わざとらしい咳払いが後ろから聞こえた。

……元宮廷魔法士……？

もしや、と思って咳払いが聞こえたほうを振り返ると、ソラルが割れた人垣を歩いてきた。

おまえか。

生徒たちのざわつきの音がさっきの数倍になった。

「ソラル・メリスロンだ」

「すご、本物だ！」

「可愛い……」

「金髪きれい。お人形みたい……」

紹介されるまで、集団の真後ろにいたようだ。

マクレーンの家庭教師はもういいのか？

「そ、ソラル！　ソラル！　ソラルー!!」

きゃーきゃー！　と、イリーナは大興奮の様子で小さく飛び跳ねながら手を叩いていた。

宮廷魔法士を目指す彼女からすると、憧れの存在のようだ。

「私が今日から魔法実践学の指導するわ。ありがたく思ってね。史上最年少の宮廷魔法士になった、この私がね！」

高飛車な物言いで、さらっ、と金髪を手で払ってみせる。

ソラルはずいぶん有名なんだな。やはり、肩書は大切だな。史上最年少。宮廷魔法士。この差別社会ではとくに有効と見た。

「ん～。なんかイメージ違うな？」

「うん。思ってたのと違う」

「深窓の令嬢だって噂だったのに」

勝ち気な態度はむしろ逆効果だったらしい。

ちらりと俺と目が合う。あとで事情を訊こう。

「あんたたちの私に抱く偶像なんてどうだっていいの。さっさとやるわよ？　自己紹介は要らないでしょ。だってみんな私のこと知ってるだろうし。逆は結構。覚えるつもりないから」

すさまじく高圧的で、周囲の反応からして、好感度が一気に下がったのがわかる。

あの性格でこの物言いだと、宮廷魔法士になってからはずいぶん苦労したに違いない。

的が用意され、二〇メートル離れたその的に向けて魔法を放つという訓練をすることになった。

横一線に並び、各々得意魔法を的へ撃つ。ソラルはその様子を後ろから眺めていた。

俺の隣にいるイリーナは、ソラルへのアピールか、俄然はりきって魔法を撃っていた。

「……ルシアン、あなた、どうしてやらないの？」

ソラルの動向を気にしていた何人かが俺に注目する。

「あれ？　名前知ってるのか」

「覚えないって言ってたのに」

俺はため息を小さくついた。

「この訓練、必要ですか？」

「要るわよ」

「意味ないですよ、これ」

「はぁぁぁ？　宮廷魔法士の養成学校でもしてたのよ。意味ないわけないじゃない」

「好きな魔法を自由に的へ放つ……。魔法を覚えたての子供じゃないんですから」

俺が意見すると、「子供じゃないんですからって、おまえ子供だろ」と誰かの声が聞こえた。

「魔力の制御と、放った魔法をコントロールする訓練よ」

「好きな魔法を使っているはずなのに、魔力制御もコントロールもできないんですか？」

つかつかつか、とソラルが速足でこちらにやってきて、ぼそっと小声でささやいた。

「変なこと言って突っかかってこないでよ」

「変なことでしたか？」

「それができないから、訓練するんでしょうが」

得意魔法ですら、ろくに制御ができない、と……？

目の前が真っ暗になった。

精霊だのなんだのと、呪文を唱えたり、無駄な知識を覚えるせいか？

そんなことを、わざわざ王立の魔法学府で教えているのか……？

「ちゃんとした魔法を使って、私より上手なら意見していいわよ」

「ちゃんとした、というのは、精霊に呼びかけてどうのこうのと言う、あれですか？」

「もちろん」

まあいい。きちんとした精霊魔法を試してみるいい機会だ。

学院で噂のガキんちょVS元宮廷魔法士の魔法合戦は、みんな気になるらしく、誰もが手を止めて俺たちの動向を見守っていた。

「合図で同時にそれぞれの的へ魔法を撃つの。速く、より正確だったほうが勝ちよ」

「いいですよ」

ソラルが俺の隣にやってきた。

イリーナが手を打つ音を合図とした。

「それじゃあいきます。……よーい――」

ぱん、と乾いた音がする。

俺とソラルが同時に呪文を唱える。

「「風の精霊……この理、我が呼びかけに応え給え――『アロー』」」

俺の魔法は、空気を切り裂き的へ吸い込まれるようにして直撃した。

「え、当たった？」

「でも的は――」

何人かが俺の的を確認する。

「うわ。ど真ん中にちっちゃく穴開いてる……」

「す、すげぇ……」

「魔法ってこんなに小さく制御できるんだ……」

ソラルの的はというと、何も変化がない。

「あれ、あれ？　どうして？」

魔法が発動しなかったらしく、慌てている。

それはそうだろう。俺が妨害したのだから。

「妨害は禁止されていなかったので、その手の魔法を使いました」

「……そんなこと、できるの？　別種の魔法も使ったってこと？」

「はい」

「同時発動《マルチタスク》……。王国じゃ誰もできないのに」

昔はもう少しいたはずだが、それほど技術力が低下したという証だろう。

なんとも悲しい現実を目の当たりにしてしまった。

「元宮廷魔法士でも『レジスト』は使ってないんですね」

「そんなことされるなんて思ってないから、使ってないわよ」

フンッ、とソラルは怒ったように、眉根を寄せた。

生徒たちの前で恥をかかせてしまったのが、まずかったようだ。

まだ生徒たちのザワつきが収まらない。

「何が起きたの？」

「さっき先生が言っただろ。妨害されたって」

「でも、ルシアンは魔法を使っただろ？」

「だから、その同時発動ってのをやってのけたから、先生もビビってんだよ」

「けど、ゲルズ先生が、ルシアンは魔法が使えないって言ってたけど」

「今使ったよな……？」

はじめて精霊を意識しながら魔法を放ったが、たしかに少し違う。その精霊とやらの力を感じないわけでもない。

魔力や魔法の制御は朝飯前だから、困ることはなかったが『精霊』とは何者だ……？

まだ機嫌が戻らないソラルは、しかめっ面のまま俺を見つめている。

「騙し討ちのようなことをしたことについては謝ります」

「ようなこと、じゃなくて、騙し討ちだけどね」

初日だというのに、イメージダウンも甚だしく、威厳も大きく損なわれてしまったであろうソラル。

「『レジスト』を使えば、僕の魔法は弾かれてしまうでしょう」

お芝居っぽく大声で言ってみせる。

それもそうだ、と生徒たちは納得したようにうなずいた。

「よくわからない魔法ならまだしも、普通の魔法を使えば、ルシアンの魔法なんて私に触れることもできないんだから」

「じゃあ、もう一度やってみますか」

「や、やらない！」

やらないのか。名誉挽回の機会にするつもりだったのに。

講義終了の鐘が鳴らされ、魔法障壁が解除された。

生徒たちは解散し、ぞろぞろと演習場から校舎内へと戻っていく。

「ソラルさん、どうしてこの学院に？」

「マクレーン様がね。あなたのことが心配だからしばらく様子を見守ってほしいっておっしゃるのよ」

マクレーンには、まだ俺は小さな子供に映るらしい。

「友達もできましたし、困っていることはないですよ」

「そう？」

ソラルが俺を待っているイリーナに目をやる。

「あ、あの、わた、わたし、ルシアンくんと仲良くさせてもらっています。イリーナ・ロンドといいます！」

「よろしく、イリーナさん」

イリーナに笑顔を見せると、俺には心配そうな顔をした。

「困っていることはあるでしょう。イジメとか、そういうの。ないわけないわ。みんなマウントを取って、誰かを見下したいやつらの集まりなんだもの」

そういうやつも多いだろう。だが、イリーナのような子がいるのも確かだ。

「それが心配で、わざわざ特別講師としてこの学院に来てくれたんですか？」

う、と言葉に詰まって、ソラルが顔を赤くした。

「そ、そういうわけじゃないわよ。マクレーン様の家庭教師が落ち着いたから、それで……」

「ソラルさんは、優しいんですね」

ほわわわん、と春の日差しのようなイリーナの笑みだった。

「う、うるさい」

背を向けて、すたすた、と歩いていくソラル。

「次の講義、遅れるわよ」と忠告してくれた。

「ソラルさん、いい人ですね」

「はい」

一緒に校舎へ戻る間、イリーナにソラルとの関係を訊かれ、説明をすることになった。

「ふうん。それでソラルさんと知り合いなんだ？」

「はい。出会ってからこれまで、よくしてくれる恩人です」

「ふふ。ルシアンくんのことを放っておけないんだね。その気持ち、なんとなくわかるなー」

そうなのか？　と思い俺は首をかしげる。

「こんなにちっちゃいのに、なんかスゴいんだもん。わたしなんて、まだ何がスゴいのかちゃんとわかってないけど」

それなのに、スゴいと言い切るイリーナだった。


放課後、学院の書庫へやってきていた。

『精霊』とやらがなんなのか調べようと、記述がありそうな歴史書を開いてはめくり、開いてはめくることを繰り返している。

「なかなかないね」

手伝ってくれているイリーナが、ぱたん、と閉じて元の場所へ本を戻す。

「そうですね」

そこまで信奉しているのなら、少しくらいあってもいいはずだろうに。

「ルシアンくんが使える魔法と、わたしたちが使っている魔法はちょっと違うんだよね?」

「はい」

五〇〇〇年前の魔法界の人間たちが、旧態依然とした魔法を使い続け、その結果今に至っているものだとばかり思っていた。

だが、試しに使ってみた結果、少し違うことがわかった。

五〇〇〇年前は確かに精霊は存在しなかった。

だが、『精霊』と呼ばれる何かは、この時代に存在している。

魔力の流れや消費の仕方が、俺の知る精霊魔法ではなかった。

『何か』が、人々の魔法を発動させている――。

「……」

俺の魔法とは違った技術進化を遂げているのであれば、そういう魔法なのだ、と納得もできる。学ぶことも多いだろう。

しかし、ゲルズやソラルのような、業界トップクラスの才能を持つ人間でも、大した能力を示せないあたり、やはりおかしな進化――いや退化と呼ぶべきか――をしてしまったのだ。

教師が言っていたが、精霊の末裔が今の貴族なのだ、というのも引っかかった。

教師や教わる生徒たちは、無邪気にそれを信じているようだが。

棚の背が非常に高いため、俺の背丈では手がまるで届かない。

仕方なく『重力』と風塵魔法を使い、高い位置にある本を引き抜く。

「えっ、と、飛んでる!?」

目撃したイリーナが目を白黒させている。

「はい。そういうこともあるでしょう」

「あるんだ……。そ、そっか」

適当に濁した結果、納得してくれた。

床に座って本を開く。ロンも覗き込んだ。

「ルシアンくん、明日は休日で学院に来なくてもいいんだよ」

「そうでしたか」

ぱらり、とページをめくって、内容に目を通していく。

「無関心がすごい……」

「そういうわけではなくて。お店の手伝いをするつもりなんです」

「あー。そっか……。まだこの町をきちんと見たことがないだろうから、案内してあげようと思ったんだけど」

「お気持ちだけいただいておきます」

残念、とイリーナは口を尖らせた。

町にやってきてはじめての週末。

宿屋は大忙しで、猫の手も借りたいくらいの様子だった。

「ああ、ルシアン、悪いんだがな！　二階の二〇一号室と二〇二号室の掃除を頼む！」

「ちょっとアンタ、ルシアンには厨房の手伝いをお願いしようと思ってたのに」

「んなこと知らねえ。早いもの勝ちだ」

忙しさも相まって、二人ともピリピリしている。

ロンが俺の代わりに手伝いができれば、手分けできるんだが……。

「ロン？」

足元にいるロンが、俺を見上げた。

「そうか……ゴーレムを作ればいいのか」

「『ごーれむ？』」

「ロンロロン？」

夫婦もロンも、俺を見て首をかしげた。

「すみません、少し時間をください」

俺は二人にそう言って、倉庫に入る。

確か、この奥に……あった。

埃をかぶった案山子《かかし》を発見。こいつに魔法を付与していけば、自動人形ができるはずだ。

迷宮の奥には、財宝や貴重な道具を守るための自動人形がいる。（かつての権力者の墓だった、という説が有力なのだが）墓荒らし対策の一環で、迷宮内に配置されていることがよくあるのだ。

そいつをここに連れて来られればいいのだが、移動に時間がかかってしまう。当時はいたが、今もまだ稼働しているかも不明だ。

それなら、いっそ自作したほうが早いだろう。

昔は畑仕事もしていたらしく農具一式が揃っているので、材料として使わせてもらうことにした。建物の修復用であろう木材もいくつか拝借する。

『鍛冶』魔法を使い、材料を切り出し、それを人間のような四肢に作り変えていく。

多少動きがぎこちなくても、付与する予定の『支援影法師』があれば、俺の動きを自動的に再現してくれるはずだ。

「ロン、ロン！」

案山子を見たロンが、興奮気味に、尻尾をわっさわっさと振っている。

「すぐに動くようになるからな。もうちょっと待っててくれ」

「ロン！」

関節部分もきちんと稼働するように四肢を作る。

また『鍛冶』魔法を使って、出来上がった四肢を案山子に取りつけ、立ち上がらせる。

「ローン！　ロンロンロン！」

俺やロンにとっては、大きすぎる痩せぎすの人形が完成した。

ロンが爪をひっかけ、肩によじのぼる。動け動け、と言いたげに、案山子の顔を前足で叩いている。

「待てよ、ロン。仕上げが残ってるんだ」

『支援影法師』を付与する。

案山子の影がゆらゆらと揺れてぴたりと止まった。本体から魔力を感じると、肩のロンを掴んで腕で抱きかかえた。

そして一歩を踏み出し、倉庫の中を歩き回った。

「よし、成功だ」

見えない糸が案山子の四肢をそれぞれ動かしているかのように、滑らかな動きだった。

「おーい、ルシアン、何してんだ？　ごーれむってのはなん……だ……？」

戻りが遅い俺をトムソンが呼びにきた。やってきた彼を視認すると、出来立てのゴーレムが一礼する。

「ロン！」とロンが、ゴーレムの代わりに挨拶をするように鳴いた。

「んなっ――、なんじゃこりゃぁぁぁぁ!?」

「今作った人形……ゴーレムです」

「こ、これが……!?　あの埃被ってた案山子か、こりゃ。動いてるぞ？」

「はい。僕が普段している動きを再現してくれます」

「再現？　ルシアンの動きを？」

俺はうなずいて、ゴーレムの手を引いて宿屋の二階まで連れてくる。

その両手にモップとはたきを持たせると、俺がいつもしているような動きで部屋の掃除をはじめた。

「うぉぉぉぉぉ!? マジか！ き、きちんと掃除してやがる!?」

「僕がやっていることをしてくれるんです」

「ロン、ロロロ！」と、司令塔気取りのロンがゴーレムの頭の上で鳴いている。

「こいつは助かる！ ありがとうな、ルシアン！」

トムソンが俺の脇の下に手を入れ、持ち上げる。

完全に子供扱いで、素直に喜びにくい……。

「もう、何よぅ……朝から騒々しいわね……」

別の部屋の扉から、眠そうなソラルが顔を覗かせた。

「ソラルさんも、ここに泊まっているんですね」

「そうよ……」

ふわぁ～、とあくびをひとつ。もう昼前なのだが、まだ眠そうだった。

『高い高い』の状態からおろしてもらうと、トムソンが教えてくれた。

「マクレーン様の口利きでな。ソラルちゃんも学院の講師をする間はここにいるんだ」

「そうなんですか」

二〇一号室の掃除を早々に終えたゴーレムが廊下に出てきた。

「ふぎゃあ!? な、何コレ!?」

仰天しているソラルに構わず、ゴーレムは隣の二〇二号室へ入る。

ゴーレムの頭に乗っているロンが、行け行けーと言いたげに、「ロン、ローン！」と尻尾をばたつかせていた。

「チビちゃんに体が生えたの？」

「ソラルさん、ちゃんと起きてください。あと、チビちゃんじゃなくてロンです」

二〇二号室の掃除がはじまったらしく、扉の奥では、ロンの機嫌のよさそうな鳴き声が聞こえる。

「宮廷魔法士だったソラルちゃんでも、驚くのか……」

「あ、あんなの、現代魔法じゃ不可能よっ」

神から与えられた魔法を駆使すると、この程度は朝飯前といったところだ。

思いつけば、もっとすごいこともできそうだな。

「ルシアンはゴーレムと呼んでいるぞ？　働き者のいいやつじゃないか。ゴーレムくんは」

ハハハとトムソンが大笑いする。

「ゴーレム!?　原理が解明されてもいない大昔の兵器よ？」

「戦うことには使わないので安心してください」

「夢？　わかったわ。これ、夢なのね？」

ごしごし、と目をこすって、ぱたり、とソラルは部屋に引っ込んだ。

「すげえ代物だったんだな？」

「材料があれば、まだ作れますよ」

「……」

驚きを通り越したのか、主人はほとんど無表情だった。

「僕たちも仕事に戻りましょう」

「お、おう……」

掃除をゴーレムと司令塔のロンに任せ、俺は夫人の厨房を手伝った。

◆

「あんた、こんな朝早くにどこ行こうとしてるのよ？」

朝食を食べ終えたあたりで、髪の毛がボサボサのソラルが階段をおりて食堂へやってきた。

これで貴族の出なのだから恐れ入る。

「どこって、学院ですけど」

俺の発言を肯定するように、ロンが一度わさわさ、と尻尾を動かす。

「あのねぇ、土日は休みなの。日曜日の今日行っても誰もいないわよ？」

いつもの習慣で準備をしてしまったが……そういえば、そうだった。

俺の日課である掃除は、ゴーレムがやってくれるし、厨房の仕事も今日はいいと夫人に言われている。困ったな。

子供なんだからガキと遊べばー？　と適当にソラルが提案する。

それもそうだな。では、少々遊んでみるか。

『重力』と風塵魔法を使っての飛行が、どれほど続けられるのか試してみよう。

あとはゴーレムの改良だ。もっと上手く『鍛冶』魔法を使うことができれば、もっとマシな仕上がりになるはず。

食器を流しに運んで、「遊んできます」と厨房の夫人に声をかけた。

「ルシアンも遊ぶんだねぇ。なんだか安心したよ」

と、夫人はにこりと笑った。

「行こう、ロン」

「ロン」

宿屋を出ていき、俺はまっすぐ町の出口へと向かった。


以前、実家のある村からダルクの町まで飛行したときは、それほど長く飛ばなかった。

「俺の魔力がどれほど持つのか……きちんと自分のスペックを知るいい機会だ」

ロンに鞄へ入ってもらい、『重力』と風塵魔法を合わせた『飛行』を発動させる。

方角を適当に決めて、空中を進む。次作るゴーレムはああしよう、こうしよう、と頭の中で考えているうちに、村が見えてきた。

魔力もそこそこ消費したので、ここらへんで一息つかせてもらおう。

人目につかないところに着地し、ロンを放つと猫のように伸びをした。

「おお！　ルシアンじゃないか！　どうしてんだ」

畑からの声に目をやると、父のサミーだった。

ということは……？

あたりを見回してみると、見覚えのある景色がいくつも見える。上空からではわからなかったが、図らずも俺は戻ってきてしまったらしい。

「魔法を勉強しに行ってるんじゃないのか？」

「今日は休みで、時間ができたから、戻ってきた」

ということにしておこう。

そうかー！　と言うサミーに手を振り返し、我が家へとむかった。

せっかくなので、母のソフィアにも顔を見せよう。

「ただいまー」

俺に続いて「ローン」とロンも挨拶をする。

飛び出てきた母のソフィアに、サミーにしたのと同じ説明をしておいた。

「そんなにすぐ帰ってこれるものなの？」

「意外と近かったよ」

そうなの、それはよかったわ、とソフィアは目を細めて喜んでくれた。

「ロンもお帰りなさい」

「ロン！」

魔法学院のあるダンペレの町からここまで、飛行時間は約一時間ほど。

これなら実家から通えなくもない。『空間』を使えば、飛ぶ必要すらないかもしれないな。

そうなると、宿屋のお世話になる必要はなかったかもしれないが、まあ、社会経験ということにしておくか。

挨拶もそこそこに、俺は飛行中考えていたゴーレムを作るため、畑へとやってきた。

サミーは席を外しているらしく、姿が見えない。

『鍛冶』を使い、土をこねて人の形にしていく。

さらに『強度上昇』『支援影法師』を付与した。

すると、手の平に乗れるほどの小さな人形が動き出した。

「成功だ」

この調子なら、石材でもゴーレムを作れるぞ。

ロンが小型ゴーレムと遊んでいる間、朽ち果てた古い空き家にむかい、レンガを材料にし、同じようにゴーレムを作る。今度はサイズアップしたものだ。

一時間ほどの製作時間を経て完成したゴーレムが、ゆっくりと立ち上がる。

「オオオオウ」

大人の身長よりも大きい。唸り声を上げ、両手を握っては開くことを何度か繰り返した。

「でかいな」

ロンが案山子ゴーレムの肩に乗った気持ちが少しわかる。

よじ登って肩に座ると視界が開け、なんとも言えない爽快感があった。

「うん。これはいい」

指示を与えてゴーレムを動かし、問題がないことを確認する。

そのとき、わぁぁぁぁん、と大声で泣く声がした。

……アンナか？

ゴーレムから下りてそちらへ行くと、泣いているアンナと他に男の子が数人いた。

「オヤジとかが、バカみたいに騒ぐから気になったけど、絶対ぇ勘違いかなんかだろ！」

「そんなこと、ないもん……」

喉をしゃくらせながら、アンナが一人で男の子たちに言い返す。

「オレはそんなの信じねぇし」

肥満ボーイがフンと鼻を鳴らす。

威嚇のように、ぱしぱし、と拳を手の平にぶつけていた。

確かこの子の父は、村長だったはず。

何を揉めているんだ？

「ルーくんは、まほー使えるんだから！」

「うっそだぁ！」

「ほんとだもん！」

と、再度主張したところで、またアンナが大泣きしはじめた。

「何してるの」

「あ、ルーくん……帰ってたの？」

「まあ、そんなところ」

肥満ボーイが見下すように顎を上げた。

「ルシアン、おまえはオレたちと同じ村人なんだよ。魔法なんて使えるわけねーんだよ！」

その発言に、「そうだそうだ」と残りの男子二人が続いた。

「ルーくんは、村人でも、まほーが使える、トクベツなんだからっ」

涙ながらに必死で訴えるアンナが余程おかしかったのか、三人が腹を抱えて笑った。

この肥満ボーイは、いわゆるこの村のガキ大将というやつで、いつも取り巻き数人と威張っている。年は二つ上だった。どうも今回はアンナが目をつけられたようだ。

「アンナちゃん、僕だけじゃなくて、本当はみんなが魔法を使えるんだよ」

「え？」

使えるわけねーだろ、ギャハハ、と何か言うたびに周囲が笑う。

おまえたちの常識では、そうなのだろう。きっと俺は笑われるようなことを言っているに違いない。

だがな。

のしのし、とレンガゴーレムが俺のもとへとやってきた。

「「「う、うわぁぁぁぁ!?　な、なんだこれぇぇぇぇ!?」」」

驚愕して腰を抜かす男子とは対照的に、アンナは目を輝かせていた。

「おまえたちに見せてやる。魔法を」

指示を出すと、オォォォォ、と唸るレンガゴーレムが両手を組んで振り上げる。思い切り地面を叩きつけると、地響きとともに地面が少し割れた。

「「「………」」」

例外なくチビったらしい男子たちは、はっと我に返って、

「「「ごめんなざいいいいいいいいいいいい」」」

大号泣で謝罪し、走って逃げた。

まあ、このへんで許してやろう。

「ルーくん、ありがとう」

「ううん。子供のうちから、魔法が使えないなんて認識だから、本当に魔法が使えなくなるんだ」

それは、幼い頃から自己暗示をかけ続けているようなもの。

「まほー、すごいっ！」

いつかのように、アンナだけがきゃっきゃとレンガゴーレムとそれを動かす俺の魔法を喜んでくれた。

アンナ

「だれでも使えるの？」

「うん。誰でも使える。そうあるべきものなんだ。それを誰かが勝手に使えないことにしてて――」

ルシアンの言っていることの半分も、アンナは理解ができなかった。

ただわかったことは、自分でも魔法が使える、ということ。

「すぐにはできないと思うけど、練習すれば、きっとアンナちゃんにも使えるはず」

小さな両手をじっとアンナは見つめる。

貴族や特別な人間しか使えないとされている魔法。

それが、自分にもできる。

ドキドキ、と鼓動が早くなる。

「お、おしえて！　わたしもやってみたい！」

「いいよ。でも、僕、今日の夕方には下宿先に帰るんだ。練習方法だけ伝えるからね」

うん、とアンナはうなずき、ルシアンから魔法の使い方や使うための準備を教わった。

ルシアンが帰り、アンナは一人でずっと言われた通りの練習を繰り返していた。

『マリョクキカンがミハッタツだとすぐには使えないだろうから、まずはキカンのカクチョウとマリョクをシュウソクさせる訓練をしよう』

言葉の意味が難しく、噛み砕いて教えてくれた理屈もわからなかったが、方法だけは理解した。

呼吸を整え、お腹の中心を意識する。すると魔力が集まってくるのを感じる――というが、どれが魔力なのか、いまいちわからなかった。

それでも、何日も繰り返していくうちに、お湯のような温かさを持った何かを感じられた。

今度はそれを留める練習をする。それができたら――。

このようにして、ルシアンに言われた通りのことを繰り返したアンナは、魔法を使うための準備を整えていった。

「できるはず……」

魔力を体内に集束させていき、唯一教わった魔法『ファイア』を試しにやってみると。

ぼっ。

手の平から、一瞬炎が噴き出した。

「あっ――あ！　あああああああああ!?　でででで、できたぁぁぁぁぁ！　おかーさん！　おかぁーさぁぁぁぁぁぁん！」

もうすぐ六歳になろうかという秋。

アンナ・フォルセンは、はじめて魔法を発動させた。

ルシアン

里帰りした日、俺が試作したレンガゴーレムは、サミーにプレゼントした。

「こんなものを作ったのか、ルシアン？」

母のソフィアも仰天していたが、畑仕事を手伝う作業ゴーレムだということを説明しておいた。

俺の指示通り、レンガゴーレムは、畑仕事をはじめた。

「お父さんの言うことを聞くように設定してあるから」

闇魔法の『傀儡《かいらい》』で、俺の指示通りに動いてくれるようになっている。

「そうか、それは助かる」

家族そろって、畑で仕事をするレンガゴーレムを眺めながらお茶を飲む。

なんとも落ち着く時間だった。

学校の話や、下宿先の夫婦の話。どれも両親には新鮮なものだったらしく、俺の話に興味津々だった。

時間が来ると、俺は「また近いうちに帰るから」と言って、二人に別れを告げた。

五章

wizard
of
Sanctuary

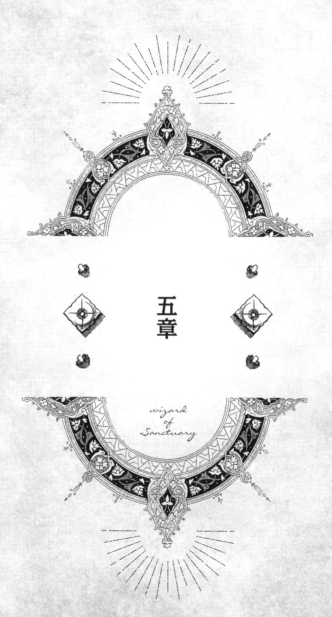

週明けの月曜日。やはりついて来たロンを鞄にしまっての登校だった。他には、ソラルとイリーナの二人もいた。通学中、生徒たちの視線が集まっていることに気づいた。

「ロン?」

鞄から顔を出していたロンには、きちんと隠れてもらうことにしよう。

「なんか、見られてるね?」

「どうしたんでしょう」

「当たり前じゃない。史上最年少で宮廷魔法士になった天才美少女ソラルが歩いてるのだから、注目は当然よ」

フン、と勝ち誇ったように鼻を鳴らし、自慢の金髪をふぁさっ、と手でなびかせてみせる。

ずいぶんな自信だな。

「あの子でしょ。貴族でもないのに魔法が使えるって子」

「田舎の村出身みたい」

「あんなに小さいのにー? 魔法使えるんだ? すごーい!」

注目を集めていたのは俺だったらしく、それが聞こえていたソラルは、顔を赤くしてプルプル震えていた。

「ソラルちゃん、性格結構ヤベーらしいぞ」

「マジかよ、特別講師になったから講義が楽しみだったのに」

「っていうのも、魔法訓練のときにさ……」

「うわぁ、ショック。そういう人だったのかぁ……」

ソラルの評価はガタ落ちだった。あの態度では、それも致し方ないだろう。

「捻り潰す、捻り潰す、捻り潰す、捻り潰す、いつか絶対に……泣かす」

ソラルはぶつぶつとしゃべりながら、黒いオーラを出していた。

この性格は死んでも治りそうにないな。

イリーナはふふふ、と陽だまりみたいな微笑をもらしている。好対照の二人だった。


この魔法学院は、魔法を上手く使うことやその能力を高めることが主であるが、それだけを常にやっているわけではないらしい。

魔法障壁を張った演習場にクラス全員が集まり、訓練用の木剣や杖を手に準備していた。

これから武術の授業がはじまる。

俺は木製の長剣がよかったのだが、この体では長すぎるので大人しく木製の短剣を使うことにした。

元騎士出身だという武術教師のハンネが前にやってくる。

鞘ごと剣を抜いて、ドスンと地面に刺すと、柄頭《つかがしら》に両手を置いた。

「健全な肉体にこそ、健全な精神は宿るのであるッ！　今日は各々手にした得物で――」

みんなが気だるそうな表情をする。

「物理的な武器とか……。何時代だよ」

「魔法全盛のこの世の中に……」

「こんなこと学びに通ってるんじゃないんだけど」

近くにいる生徒が、ヒソヒソと、不満を口にした。

……古いのか……？　武器を使うことは。

だが、実戦では懐に入られた魔法使いなど、案山子同然。

備えておくにこしたことはない。

隣のイリーナも周囲と同じ考えらしく、手に持った木製の盾と杖を持って小首をかしげている。

「魔法の授業は好きなんだけど、これは意味あるのかなぁ……ね、ルシアンくん」

どうやら、武器を扱う人間の立場は、俺が知っているよりかなり低いようだ。

魔法全盛の時代……。武器が軽視されるのも、無理からぬことか。

歴史の授業によると、最後に大きな戦乱があったのは、もう三〇〇年も前だそうだ。

俺が死んでから二〇〇年ほどは、安泰の時代だったらしい。

実戦を経験した人間がいないのであれば、なるほど、武器の有用性を説いても説得力がない。

リーチが魔法よりも短いうえに、継続的に鍛錬が必要な武器は、色々と勝手が悪いんだろう。

魔法使いに物理的な攻撃は不要だろうと思われがちだが、意外と重要だ。

攻撃の手段、セオリーを知ることで、防御も上手くなる。この講義の目的は、後者の防御にあると思われる。

「ルシアンくん、ロンはどうしているの？」

「僕の鞄の中でぐっすり寝ています」

ロンの活動時間は、一日の半分もなく数時間程度だ。

「あはは。そうなんだ。和むね〜」

俺たちが雑談をしていると、

「二人一組で立ち合うように――――！」

というハンネの指示があった。みんな仲のいい者同士で組を作ると、イリーナがまずそうな顔をした。

「わたしがあっちに行くと、ルシアンくんが一人に……」

いつも組んでいる相手がイリーナにはいるらしい。

「僕には構わないでください」

「そ、そぉ？」

不安そうなイリーナだったが、その相手に呼ばれ、こちらを気にかけつつも向こうへ行った。

「ちびっ子！　組む相手がいないのだろう。であれば、こちらに来い！」

ハンネに呼ばれ、俺はそちらへ向かう。

年の頃でいうと、四〇代後半くらいだろうか。熊のように大きな体格をしていた。

無精ひげを撫でながらハンネは言う。

「子供相手となれば、生徒では加減が難しい。必然的に私しか相手がいない」

「気遣いありがとうございます。ですが、加減は不要です」

「ムハッ。加減しなければ、大怪我をしてしまうぞ」

「物理攻撃はまだ一度も試してないので、僕も加減が下手っぴです。お互い様ということで」

ハンネは訝しそうに顔を曇らせた。

「……もしものときは、すみません」

「ムハハハ！　武器の扱いは長年の鍛錬がモノを言うぞ、ちびっ子」

「ええ。まさしく」

「存分に、打ちかかってきなさい！」

魔法なしで剣技を使うのは、この体になってからははじめてだ。

「では――」

現状でどれくらいできるのか――、その反動がどれくらいあるのか――、それを知るいい機会だ。

両手に握った短剣を構える。

「…………っ……？」

ハンネが一歩あとずさった。

鳥肌が立っているのが、よく見える。

「君は、何者だ……!?」

「長年の鍛錬が、モノを言いますから」

剣技を編み出し、研鑽の日々を送ったのもはるか昔のこと。

元々凝り性な俺は、効率的な防御を学ぶために、あらゆる物理攻撃を会得した。

ハンネの顎がガクガク、と小刻みに震えている。

頭を振って「ふんッ」と、気合いを入れた。

俺が構えただけで放った剣気を、ハンネはどうにかして押しのける。

ハンネも木剣を構えた。

「——すまない……！　加減は、できそうにない……ッ！」

「それで結構です」

「まだ君が五つだからと、心のどこかで侮っていたことを謝罪する。武の道を生きる者として、礼を尽くしたい」

「まったく、同感です」

この時代では、俺も古いタイプの人間なんだろう。

ひとつの『道』を探究する者同士の、一種の心地よさがある。

思えば、この体にまだ馴染んでいないとはいえ、俺の剣気を受け、押しのけた。

それだけで、この教師はかなりの手練れであるといえる。

だからこそ、俺に敬意を払ってくれた。

……加減は無礼にあたる。

「いざ……！」

ハンネの放つ剣気と俺の剣気がせめぎあい、ピン——————と、空気が張り詰めた。

さらに集中すると、雑音が遠ざかり、痛いくらいの静寂が訪れた。

相手の小さく吸った空気の流れも、かすかに始動する筋肉も、よく見えた。

「オォッ」

ハンネが短い気合いを発すると同時に、体格差とリーチを活かした素早い突きを放つ。

きっと、俺は消えたように映っただろう。

数歩の間合いを一瞬で詰め、無防備な懐に入った。

すれ違いざまの一撃。

鈍い音と重い感触が両手にあった。

「ぐふぉ――」

攻撃した体勢から受け身を取ることもできないまま、どさっと地面に倒れた。

「これが……!? ただの村人の子、だと……。なんと恐るべき天稟《てんぴん》……」

仰向けで起き上がれないでいるハンネに、一礼をする。

「魔法だけでなく、剣もこれほどとは……。天は、この子に二物を与えたというのか」


俺の一撃を受けたハンネが、ようやく上半身を起こす。

「やれやれ。とんでもない子供もいたもんだ」

「立ち合い、ありがとうございました。どこまで体が動くのか、わかった気がします」

「そりゃよかった。だが、こんな棒きれみたいな木製の短剣で、あんなダメージを負うとはな……」

解せない、とでも言いたげに、俺の持っていた木製の短剣をしげしげと見つめる。

「魔法もかなりのものだと聞いたぞ。特別講師のソラルからな。……どうして魔法学院に？　高名な誰かが姿を変えて、冷やかしにやってきたと言ってくれたほうがまだ納得がいく」

「現代魔法は、正しい知識と理解が必要だと聞きました」

「現代魔法？　……ああ、それで間違いないはずだ」

「知らないことを知る——これも強さを究めることに必要です」

「子供にそんなことを言われれば、教師は要らないな」

ムハハハ、とハンネは大笑いした。

「それに、貴族の血筋とは無縁であることに変わりありません。上の学府へ通おうとすれば、足下を見られて、通うこともできなくなってしまいます。なので、この身分でも僕個人を認めてくれる証が必要なんです」

「……それもそうか……。君を見ていると出自とはなんなのか、と不思議に思うよ」

いたたた、と患部を押さえてハンネが立ち上がる。

「私にも、魔法は使えただろうか」

「使えます。そういうものです」

ハハハ、と笑い声をハンネは響かせる。

「肩書ではなく、個人を認めさせる必要がある、か。……それなら、あらゆる学校に通うといい。そうしていけば、貴族と無縁でも例外あり、と世間に示していくことができる」

学校というのは、教育機関であると同時に、個人を評価する場所でもある。

そこで好成績を残すことは、被支配層にとって、無駄なことではない。

それもまたいい。

「私でいいのなら、卒業したら騎士学校に推薦をしよう。固定概念で凝り固まった連中の下へ、君のような子供を送り出すのは少々気が咎めるが、それを想像するだけで、なぜかワクワクしてくる」

いたずらを仕掛けた子供のようにハンネは笑う。

「どうして、僕にそこまで」

「男が男に期待をする――そう珍しい話でもあるまい」

ぽんぽん、と俺の頭を撫でて、ハンネは訓練中の生徒たちのほうへ歩き出した。

ときどき一喝しながら、また別のところへ行き、ときどき構えなどを教えたあと、またこちらへ戻ってきた。

「ルシアン、もう一度頼めるか？」

「はい。こちらこそ、お願いします」

俺たちはまた木剣を構えて向かい合った。

夢中になっていたせいか、授業が終わりかけていることも俺たちは気づかなかった。

「っ……」

五度目の完敗を喫したハンネが倒れたところで、ようやく周囲に集まった生徒たちに気づいた。

「またしてもか……！　強いなぁ……ルシアン！　ムハハッ！」

俺も少々疲れた。

魔法のほうは体が慣れてきてはいるが、体力や筋力はやはり子供のそれだ。

ざわざわ、と騒がしくなった。

「お、おいおい……マジかよ……」

「先生を倒した……」

「ハンネ先生って、他人を褒められない病気にかかってるもんだとばかり」

「ルシアンくんは……剣もやべーのか……」

ようやく起き上がったハンネが、生徒たちに「授業はここまで」と号令し、解散となった。

「先生ってあれだろ……？」

「重戦士だぜ……ありえねえよ」

みんなが帰り際に、口々にそんなことを言っていた。

「重戦士ってなんですか？」

近くを歩いていたライナスが教えてくれた。

「重戦士ってのは、物理的な戦いが得意な騎士のことだ」

その口ぶりだと、魔法が得意な騎士もいるのだろうか。

「うん。そうそう。先生は、銀翼騎士団って言って、ここらへんの治安維持を目的とした騎士団の元団長さんなんだよ」

と、イリーナが付け加えた。

団長か。あの雰囲気なら、それも納得だ。

「そんでな。重戦士っつーのは最前線で体張ってみんなを守る、いわゆる盾役《タンク》の正式名だ」

何が言いたいのか、いまいちピンとこない。

「反応薄いなぁ……」とイリーナが苦笑する。

「物理的な防御の力は、普通の騎士さんよりも上で、実戦実績経験豊富なその重戦士の先生を、ルシアンくんはちっちゃな短剣で倒しちゃったんだよ！」

へえ、とだけ返した。

体格差を考えれば、倒すなんて無理に思えるだろう。

だが、加速したエネルギーと全体重を手にした短剣のただ一点に集束させられれば、かなりの威力になる。

体格差はそれほど気にならなかった。

それに、体が成長していないので、魔法なしの物理攻撃力はかなり低い。

そのとき、体がくらり、と揺れた。

楽しかったとはいえ、五回は調子に乗り過ぎてしまったらしい。

俺が想定した以上に足腰への負担が大きかったようだ。

「ルシアンくん、大丈夫？」

バランスを失って転びそうなところを、イリーナが止めてくれた。

「すみません。五回はちょっと多すぎました」

「五回も!?　一回じゃなくて!?」

「ルシアンに痣一つもないってことは、全勝かよ」

二人とも開いた口が塞がらないといった様子だった。

ハンネ

去っていくルシアンの小さな背中をハンネは見送った。

元騎士団長としての意地と、生徒たちの手前、これ以上無様を晒せないと思っていたが、もう限界だった。

訓練場に誰もいないことを確認して、呻きを漏らした。

「くふ……」

よろめいて、地面に倒れるハンネ。こんなに何度も地面に突っ伏したのは、何年ぶりだろう。

服の下に着用していた鋼鉄製のボディアーマーを脱ぐと、攻撃を受けた箇所が酷い痣となっていた。

あばら骨も数本が折れているだろう。

ルシアンの攻撃が生身に当たれば、妥当なダメージと言える。

だが、ボディアーマーは無傷。

「ムハハ！」

思わず笑ってしまった。

「関係がないと？　どんな装備も、どんな防具も。あの斬撃は、それを無視してダメージを与えると——？」

口にして、装備無効という攻撃概念に、ハンネは震えた。

ルシアンが返した短剣を確認するが、他のそれらと同じただの木製で、魔法で強化された跡も何もない。ハンネのよく知っているものだった。

「ただの木製の短剣で……」

改めて、自らが目の当たりにした攻撃を思い出す。

「あの子の剣技は、すでに神域にあるというのか」


剣術の講義が終わり、次の講義がある校舎へ向かおうとしていると、倉庫からひとり言が聞こえてきた。

「どうして私がこんなことを……」

ライナスとイリーナには先に行ってもらい、俺は声が聞こえた倉庫を覗く。

そこでは、ゲルズが魔法を試射するときに狙う的を補修しているところだった。

足下に転がっている布製の的は一〇数個あり、破れた部分をゲルズはご丁寧に、チクチクと針で縫っている。

俺とソラルが魔法で狙ったあの的だ。

「私は、王国三〇選の魔法使いだぞ……」

チッ、と舌打ちをして、ため息をつく。

「大変そうですね」

「ん？　ああ、君か」

声をかけたのが俺だとわかると、露骨に嫌そうな顔をした。

「君のせいで、私はこんな雑用を押しつけられたのだ」

「僕、何かしましたか？」

思い当たる節といえば、入学するときに、ボコボコにしたくらいだ。

だが、あれは試験中のこと。悪意があってやったことではない。

……多少、怒りをぶつけたことは反省したいが、そう思わせたこいつも悪い。

「何かしましたか？　ではない。学長も、こんな村人のガキを特別扱いしなくてもよいものを」

チクチク……。チクチク……。

しばらく見守っていると、ようやくひとつが直った。

手は動かしながら、ゲルズは俺への嫌みをつぶやく。

やれ、貴族しか本当は入学できない、だの、おまえの力はインチキだ、だの。自分よりも格上のソラルが生意気でムカックだの。

……明らかに俺は無関係なものもあったが、すべて俺のせい、ということになっていた。

ん、と何かに気づいたゲルズが顔を上げた。

「おほん。ルシアンくん」

「なんですか、改まって」

「私からのミッションだ。この的をすべてこのように直してくれるかい」

自分が直したひとつを俺に見せるゲルズ。

「……嫌です」

「すべてできたら、お菓子をあげよう」

それで俺が喜ぶとでも思っているのか。

「次の講義があるので」

「私のミッションをしていた、と担当講師に言えばいい。多少の遅刻は許されるだろう」

本当にそう言えば、「だからといって、遅刻は許されない」という展開にきっとなるだろう。

「先生が任された仕事だと……」

「では、頼んだぞ！」

持っていた修理品を俺に押しつけて、ゲルズは倉庫を出ていった。

「あれが三〇選の魔法使いか。王国のレベルも知れてしまうな」

ため息をついて、仕方なく俺はゲルズミッションをはじめる。

修理用具は置いてあるので、これで直せばいい。

壊れていない的は演習場に置いたままで、いくつか残っていた。

「ふむ」

直しても構わないが、すべての的が同じでは、命中精度は上がらないだろう。

どれも同じ大きさで、最初のうちはいいが、慣れてしまえば訓練にもならない。

『鍛冶』を使い、倉庫を見回して材料を確認する。

「俺がやっていた訓練の難易度を落としたものを作ってみるか」

的を小さくしたいのであれば、的から距離を取ればいい。だが、そういった訓練者の工夫で解決できないものを作製すれば……。

工作に夢中になることしばらく。

『鍛冶』の力は絶大で、俺の納得がいく訓練用具が出来上がった。


魔法実践の講義になり、ソラルと俺たち生徒は演習場へやってきた。

「今日も魔法実践学では、的に向かって魔法を使うわよー。最初は発動させるのもゆっくりでいいから、まず当てること。慣れてきたら百発百中を目指してね」

と、特別講師のソラルは生徒たちに言って、くるりと振り返ると首をかしげた。

「あれ？　なんか的が減ったわね」

「破損した的がいくつもあったので、それを改良しました」

俺が言うと、注目が集まった。

「へーそうなんだ？　それはゲルズがやったたって聞いたけど。……ん、改良……？」

的に仕込んでいた『傀儡』という闇魔法の一種を発動させる。

離れた倉庫から、一体、二体、三体……計八体の木偶《でく》人形が出てくると、それぞれに色付きの布を巻くよう指示を出した。それが終わるとこちらに歩いてやってきた。

うわぁぁぁぁあ!?

と、演習場はパニックに陥った。

「な、なんだあれ!?」

「か、勝手に動いてる——!?」

ふふふ。楽しんでくれているようだ。

「怖い怖い怖い怖い！」

「動き滑らか過ぎだろ!?」

「夢に出そう！」

つんつん、とソラルに突かれた。

「もう驚かないわよ、ゴーレム作った程度じゃ。何よ、あれ」

「見ての通り。動く的です」

「いやいや……生徒たちは魔法をきちんと発動させられるかどうかのヒヨっ子よ？」

『傀儡』を自動化しているため、俺の訓練方針に従い、一体の木偶が魔法発動準備に入った。

「え。ちょっ、嘘だろ！」

「この人形、魔法使うのかよ⁉」

足下に白い魔法陣が広がり、小さな魔力の塊を飛ばした。

魔法というにはお粗末だし、俺に比べれば発動もかなり遅いが、まあ合格点だろう。

「あのねえ、あんなゴーレム相手に生徒の魔法が当たるわけ――――ふぎゃぁぁあ⁉」

木偶人形を見ていなかったソラルに攻撃が直撃した。

「きゅぅぅ……」

当たり所が悪かったらしく、ソラルが気絶してしまった。

「せ、先生がやられた――――⁉」

うわぁぁぁぁあ⁉　と木偶人形から全員が距離を取り、再びパニックに陥った。

「みなさん、木偶たちの攻撃がどんどん行きますよ！　ただの人形にやられっぱなしでいいんですか⁉」

俺が発破をかけると、何人か目の色が変わった。名前はわからないが、魔法の扱いが比較的上手い生徒だったはずだ。

さっそく魔法を使い木偶たちに反撃するが、当たらない。

「くそ、ダメか」

「次だ、次！」

それはそうだろう。焦れば焦るほど手元は狂う。

実戦で平静通りに戦える人間はほとんどいないのだ。

「おまえらも援護くらいしろよ！」

「勝手に指図すんじゃねえ！」

「ま、待て、あとちょっとで発動――うわぁぁぁぁ!?」

「もうやだぁぁぁ！」

演習場は戦場さながら、十人十色の反応をしていた。

俺の管理する木偶が相手でよかった。

実戦なら全滅していただろう。

「食らえ！　よし！　当たった！」

ついに木偶人形に一発魔法が当たる。

が、『反射』によって、魔法がブーメランのように戻っていく。

「うわぁああ!?　あぶねえ!?」

どうにか回避したが、それを見ていた生徒たちから、敗戦ムード一色の絶望感が漂ってきた。

むう……。難易度は下げたんだが……。

きちんと観察し、考えれば倒せる設定なのだ。ヒントも与えているし。

「あ、もしかして！」

イリーナが声を上げた。

「人形の首に巻いてある布！　あの色は属性を表すんじゃ――」

正解だ。

イリーナの意見を聞いて、どうにか対応しようとしている生徒が大半の中、ライナスがこっちへ走ってきた。

「こういうのはなぁ――！　術者をシバきゃ、それでしまいなんだよぉぉぉ！」

今回は自動だから関係ないが、そういう魔法使いもいるだろう。その選択は間違いではない。

うぉぉぉぉ！　と雄叫びをあげてライナスが突進してくる。が、急ブレーキをかけた。

「た、倒せねぇぇぇぇぇぇえ！　無理だぁぁぁぁぁぁ！」

膝を屈して、地面を叩く。

その隙に木偶の攻撃を受けてしまい、「ぎゃっ」と悲鳴をあげて地面を転がった。

「――やった！」

イリーナの快哉《かいさい》が聞こえる。その先には、水属性攻撃を受けて倒れた木偶人形がいた。

「赤い布には炎属性、それが水色なら水属性。間違った属性は反射する！」

火、水、風、土……それぞれ、赤、青、緑、茶としている。

時間はかかったが、よくそれに気づいたな。

突破の糸口をつかんだ生徒たちの士気は大幅に上昇した。

「呼吸を整えて……」

「ゆっくりでいい、確実に……」

「属性を間違えないようにして――」

外れる魔法も多いが、一体、また一体と倒れる木偶が増えてきた。

そして、ついにすべてを撃破した。

「た、倒した」

「やった……！」

魔法を撃つための術式を木偶に刻み、魔力を少量わけて、自動化させてこのありさまか。

『支援影法師』で俺の動きを再現しなくてよかった。

パチパチ、と俺は拍手し、へたり込んでいる生徒たちに喝采を送った。

「いい戦いでした。残念な結果に終わった方もいると思いますが、次回があります。頑張りましょう」

「「「次回、あるの……？」」」

「慣れてくれれば難易度も上げます」

「「「もうやめて！」」」

悲鳴にも似た拒否だった。

ソラル

放課後。

朝に連絡があった通り会議を開くとのことで、生徒たちがいなくなったあと、会議室で学長のカーン・デミラルを中心に教師陣が集まった。

ソラルは末席に座り、空席がなくなったのを確認したカーンが、挨拶もそこそこにさっそく本題に入った。

「この近辺の大規模な魔物の討伐作戦が計画されているそうで、ウチにも、一定水準の力がある生徒を送り出してほしい、と王国魔法省よりお達しがあった」

ざわざわと教師たちが顔を見合わせる。

魔法省。

宮廷魔法士も所属する王国の一機関であり、この学院の運営をする組織でもある。

「先生方には、そのリストを作ってもらいたい」

「討伐作戦で、生徒を……？」

ソラルが思ったことをつい小声でつぶやくと、ゲルズの声でかきけされた。

「デミラル学長。ルシアン・ギルドルフはどうでしょう。あの子なら――」

「能力は図抜けているが、まだ五歳。そんな子供を送り出せと？　演習ではないのだぞ」

カーンの強い語調に、空気が重くなる。

ゲルズよりも自分よりも強くとも、さすがに送り出すようなことはしないらしい。ソラルはほっと胸をなでおろし、再び尋ねた。

「学長、送り出した生徒たちは具体的に何をするのでしょう？」

「ああ、それは心配無用だ。前線で戦うのは、この地域一帯の警備をしている白翼騎士団の部隊や報酬目当てに参加する冒険者たち。選抜された生徒が担当するのは、主に後方支援。物資の運搬、怪我人の救護の手伝い……まあ、そんなところだ」

戦闘に巻き込まれることはないだろう、とカーンは付け加えた。

「魔法省からは、何人と?」

「三〇人ほど、と言われておる」

実戦を肌で感じるいい機会だ、とでも思っているのだろうか。

だからこその選抜なのだろうけど。

ソラルも学院生時代に、一度だけこの手の作戦に駆り出されたことを思い出した。

「選抜した生徒の引率は、ゲルズ、ハンネ、二人に頼みたい」

「はい、もちろんです」

「承知いたした」

こうして討伐作戦の人選がはじまった。

◇

「野外演習……?」

イリーナが見せてくれた通知書に、俺は首をひねった。

「そう。町外れに大きな森があるでしょ? そこにいる魔物を討伐する作戦に選ばれたみたいなの。

優秀な生徒が選ばれるみたい」

ふふふ、とイリーナは選ばれたことが嬉しいのか、終始ニコニコしていた。

優秀な生徒？

俺やイリーナの三組は、不出来な生徒が集まるとされているクラスだったはず。

どうしてイリーナに？

俺にはなんの通知もない。

ということは、イリーナは優秀だと認められているが、俺は違う……？

「ルシアンくん、何かヘコんでるけど、どうしたの？」

「いえ、ちょっと……」

乾いた笑いが漏れる。

「これが嫌な人はやめていいって書いてあるけど、参加した場合は、卒業証明書にも載る作戦なんだって」

実績になる、だと……!?

俺が一番ほしいものだ。

どうして俺は除外された？　背丈や筋肉が足りないからか？

「イリーナさん、演習という名目のようですが、中身は実戦です。参加される場合は気をつけてください」

「うん。わかってる。心配してくれて、ありがとうね」

その討伐作戦とやらは、二週間後に行われるらしい。

それから、教師たちはどこかピリピリとした様子だった。

ゲルズとハンネが選抜隊の引率をするようで、他の部隊と連携するための打ち合わせが多く、彼らの講義は、しばしば別のものに変わった。

ハンネの力は申し分ないし、ゲルズの魔法技術は高い。

ボコボコにしてしまったが、改めて授業を受けていると、そう感じるようになった。

それがわかる程度に、俺は現代魔法を理解しはじめていた。

出会いこそああなってしまったが、ゲルズはあれで優秀なのだ。

魔法的な指示はゲルズ、その他現場の指示はハンネに任せておけば問題はないだろう。


討伐作戦に赴くその日、魔法学院で結団式が行われ、イリーナたち選抜隊を送り出した。

「ルシアンくーん！　行ってくるねー！」

遠くから大声で手を振るイリーナに、俺も手を振り返した。例のごとく鞄の中にいたロンが、声に反応したのかひょこっと顔を出した。律儀なイリーナは、ロンにも手を振っていた。ソラルは見送る側で、ぶすっとした表情をぶら下げている。

「ソラルさんは、行かないんですね」

「当たり前。後方支援の荷物運びとかそんなの、私には似合わないでしょ」

そうだろうか、と内心首をひねりつつ、俺は先を促した。

「魔法省は、討伐部隊の人手がほしいのよ。雑用させるために冒険者を雇うのも費用がかかるし、それで、学院生の登場ってわけ」

ふうん。そういった内部事情は確かにありそうだ。

選抜隊の最後尾に続くゲルズを見つけ、俺は駆け寄った。

「先生。イリーナさんたちをお願いします」

「誰に言っているんだい。後進育成こそ私の使命だと考えている。卵をみすみす割らせたりはさせないよ」

去っていくのかと思いきや、ゲルズは足を止めた。

「……君の力は、規格外なものだと認めよう。あのときは、済まなかった。君と君を支えようとしている両親や村の人を馬鹿にしてしまった」

「いいえ。よくあることでしょうし、慣れていますす」

ゲルズがかすかに聞こえるような小声でつぶやいた。

「……ありがとう。そのことが、少し気がかりだった」

ゲルズ

早々に前線は崩れ、混乱状態にある――。

逃げ延びた冒険者を見つけてゲルズが状況を尋ねると、そう教えてくれた。

生徒のいない場所での聴取が幸いした。聞かれれば無駄に動揺させることになっただろう。

……予定通りの場所へやってきたのは、一五分ほど前。

森の広場を物資集積所とし、学院生たちはそこで、指示を仰ぎ各隊へ補給品を運ぶ――。

それをゲルズとハンネの二人で監督するはずだった。

だが、到着した物資集積所は、すでに魔物たちに踏み荒らされ、簡易倉庫には火の手が回り、黒い煙を上げていた。

今はハンネが生徒を指揮し消火を急がせている。

「ハンネ先生」

「うむ。想定外に魔物が手強かったのか、それとも数が多かったのか……」

「一人に前線の話を聞けましたが、要領を得ません」

冒険者の男は、生徒二人に手当てを受けているところだった。

「下がりながら前線の兵を回収し状況を再確認。必要であれば救護をしていこう。前線がどこまで崩れたのか判然とせん。が、運ぶ物資がこのありさまでは、後退するのも致し方ないだろう」

「はい。そうしましょう」

方針が決まり、選抜隊にそれをゲルズは伝えた。

安全だった来た道を引き返していく。

不意に現れた敵との戦闘はまずハンネが担当し、手に余るならゲルズ。二人の援護を生徒たちに任せた。

慣れない森での移動。いつ戦闘が起きるかわからない状況に、体力も精神力も削られていった。

味方と出くわさないことを不思議に思っていると、遠吠えが響き、すぐにグレイウルフと呼ばれる狼型の魔物が複数現れた。

「ゲルズ！　下がれぇい！」

剣を抜いたハンネの怒声に、ゲルズは生徒たちに敵から距離を取るように指示を出す。

が、そのときにはすでに四方八方を囲まれてしまっていた。

「火の精霊よ――」

ゲルズが狙いをつけ魔法を放つ。一頭が燃え上がるが、意に介した様子がない。敵は減るどころか増えていった。

ハンネが剣を振り、一体、また一体と倒していくが、数は減っている様子がない。こちらを気にする余裕もなさそうだった。

「ゲルズ、行けぇぇぇぇえぇい！」

荒くなる息のままハンネが叫ぶ。

森で狼型の魔物に取り囲まれれば、鬼ごっこでは圧倒的に不利。

だからといって、このままでは餌になるだけだ。

「こっちだ！」

ゲルズが先頭を切り、綻んだ包囲を突破する。

こほぉぉ、と生ぬるい饐《す》えたにおいがした瞬間。

自分の背丈よりも大きな顎を持つ巨人型の魔物が、口を開けてゲルズに飛びかかってきた。

「火の精霊、この理、我が呼びかけに応じ給え！『フレイムショット』」

火球が敵の口内に飛び込み、魔物は嫌な叫び声をあげてのたうち回った。

それからさらに、ゲルズが放った三つの火炎弾は、三発ともグレイウルフの顔面に直撃――。

ゴウッ、と橙色の炎がグレイウルフを包んだ。

「よし――」

「グルォォォォオオオウ！」

頭を振ると、燃え盛った炎はすぐに掻き消えてしまった。

「またか！」

狼型の魔物は、今回の主な討伐対象だった。

奴らの苦手である火炎属性魔法での攻撃は、定石も定石。

……そのはずが、大した効果が認められない。

どういうことか、火炎魔法の耐性がついている。

魔物対策をした前線の味方が、混乱し崩れるのも納得だった。

「グルォォォォオオオウ！」

人間をひと呑みにできそうな大口が、ゲルズに迫った。

そのときだけ、やたらとスローモーションに見えた。

すでに誰かを喰ったであろう赤黒い血が残る大きな牙がよく見える。

上半身ごと食い千切られる――。

次弾は間に合わない。

「くそ……」

諦念とともに小さくつぶやいた。

「――現代魔法は遅いんですよ、先生」

どこからか声がする。

『アルテミス』

輝く矢が上空から急降下。魔物の脳天を射抜いた。

「ギャウッ……」

攻撃を受けた魔物が悲鳴を上げた。

『形態変化』

ザザザン！　ザ、ザン、ザンッ！

樹の枝が、地面の土が――無数の鋭い棘となって魔物を貫いた。

断末魔の声を上げることもできず、魔物は絶命した。

「悪人が変に優しいときは、だいたいそれは死亡フラグになるんですよ、先生」

樹上には、ルシアンの姿があった。

◇

「ルシアンくん！」

イリーナに呼ばれて、俺は樹上から小さく会釈をする。

周囲にいた魔物たちは、大型の魔物が瞬時に殺されて攻撃をためらっているようだった。

奥では、ハンネが盾を構え槍を振り回し、三体の魔物を相手に奮戦をしている。

足下には食い殺されそうになったゲルズがいた。

「どうして君がここに⁉」

「トイレに行こうとしたんですけど、道に迷ってしまいました」

実績目当てで学校を抜け出してきた、なんて正直に言えば、あとで何を言われるかわかったものではない。

学校を抜け出すのに時間がかかってしまったが、まだ誰も手遅れにはなっていない。

とはいえ、早く帰らなければ。

トイレに行ってくると、教師には言って教室を出てきている。ロンにその気配を悟られることがな

く……というより鞄の中で熟睡していたようだったので、こっそり置いてきた。

「今は、最前線から逃げ出した人たちを回収しながら、手当てをして回っているんだ」

ゲルズが状況を教えてくれた。

戦闘や作戦に想定外はつきものだが、その討伐隊が、森の奥で戦っている気配はほとんどない。

「……総崩れというところか」

「上から何か見えるのか？」

「この魔獣たちを討伐するんですよね？」

「あ、ああ、そうだ！　だが、弱点であるはずの火炎属性に強い耐性を持っているみたいだ！」

ひるんだ隙を突いて、イリーナたちが魔物を攻撃する。

「火の精霊……この理、我が呼びかけに応じ給え――『ファイア』」

だが、狼たちはこれといって嫌がる様子はない。

「この道を真っ直ぐ行ってください。そうしたら森をすぐ出られます」

「――君はどうするんだ？」

俺は答えず飛行を使って、森を見下ろせる高度まで飛んだ。

「あの狼型の魔物だったな」

『追尾必中』の神代魔法を発動させた。

『個体指定』で討伐対象の魔物に狙いを定める。

「……一三二体か。数が多いな」

一三二もの数を一度に攻撃する魔法はなかった。

仕方ない。現代魔法を使うか。

「風の精霊……この理、我が呼びかけに応じ給え――『アロー』」

前方に巨大な魔法陣が展開され、輝きが強くなると無数の矢が放たれた。

『追尾必中』と『個体指定』の魔法をかけているので、一直線しか飛ばない『アロー』でも、標的を必殺してくれるだろう。

矢は森に降り注ぎ、上空から魔物の体を串刺しにしていく。

「「「ギャウウッ!?」」」

上空から見当たらない敵は、矢がそれぞれ木々を縫うようにして追い立てる。

四方八方で魔物の悲鳴が聞こえた。

尻から脳天を貫かれる魔物もいれば、二本の矢に狙われ、頭部と胸部を同時に攻撃される魔物もいた。

反応が一瞬で半分になり、それからさらに半分になる。

腕を組んで見下ろしていると、すぐに悲鳴も断末魔の声も聞こえなくなり、放った『アロー』が消えた。

「静かなものだな」

おびただしい魔物の死体は転がっているが、森を傷つけてもいないし、地形を変えてもない。

討伐対象の狼は根こそぎ倒したので、これでもう作戦自体完了だろう。

「ん？」

狼たちの死体からどす黒い瘴気のようなものが吹き上がり、それぞれが結合していく。

あれは、かつての魔法で言うところの『戦霊化』に近いな。

『戦霊化』は、体内に残った魔力と魂を融合させ、死してなお敵と戦うという魔法だ。

力は強くなるが、理性も自我もなくなるというデメリットがある。

集まった巨大な瘴気が、魔力によって姿を形作った。

魔獣は森に生えているどんな木々よりも大きくなった。

理性も何もないただの血に飢えた魂のご登場だ。

現代魔法にも似たような魔法があるものなのか？

あの手の魔法は、自分ではかけられないのが大きな特徴だ。

……まったく、趣味が悪い。

「ヴロォォォォオオオオッ――――！」

吠えると、空気がビリビリと震える。

大きな口を開けると、一足飛びに俺のほうへ跳躍してきた。

理性も自我もないということは、恐怖がなくなるということでもある。

せっかく学習したはずの俺との戦力差も、これでは意味をなさない。

死んでもなお、敵いもしないであろう相手と戦わされるというのは、俺でも同情してしまう。

「もう戦わなくていい。ゆっくり休め」

「ガロォォォオオオウウウウウウン！」

ひと口で俺を食おうとしたとき、手の平を魔物に向けた。

「手向けだ。『極撃砲《カノン》』」

手の平を中心に、無属性の大魔法陣が展開された。

魔力器官をフル稼働させ魔法を撃つ。

音も色もなく放たれた無属性魔法が、轟音とともに巨大な敵に直撃。

光の粒子となり、魔物は消え去ってしまった。

「転生してからはじめて使ったが、この体ではまだ堪えるな」

◆

上空では、森の外で討伐隊が集まっているのが見えた。

『遠視』の魔法で、様子を詳しく観察すると、教師二人と選抜隊の生徒はみんな無事のようだった。

今は、あらかじめ本部として設置された野営地で、怪我人の手当てなどをしている。

犠牲はある程度出たようだが、俺の知り合いに欠けた人間がいなくてよかった。

『飛行』をやめて、地上に着地する。

グレイウルフの死体がそこら中に転がっている中、俺は森を抜けてみんなのいる野営地に向かった。

「あ――」

俺の姿を真っ先に見つけたイリーナがこちらへ走ってきた。

「ルシアンくん！　よかった！」

駆け寄った勢いそのままに、抱きしめられた。

「無事だったんだね……本当によかった……」

肩の上で、イリーナがぐすぐす、と鼻を鳴らした。

「イリーナさんも無事でよかったです」

「ごめんね。ルシアンくんを見失って……捜そうにもできなくて……」

ごめんねぇぇぇぇ、とイリーナが本格的に号泣しはじめた。

「森で、たった一人で、怖かったよねぇぇぇ……」

「大丈夫でしたよ。気にしないでください」

わぁぁん、と泣くイリーナに、俺はぬいぐるみのようにがっしり抱きしめられて身動きが取れなかった。

「神童もそうなっては形無しですね」

疲れた顔をしたゲルズがやってきた。

「……君でしょう。あの『アロー』は」

俺は答えなかったが、確信していたようだ。

その沈黙を肯定と捉えたらしいゲルズは、呆れたように言う。

「森一帯を駆け巡る『アロー』……壮観でした。どれだけ工夫を凝らそうと、一発ずつしか撃てない攻撃魔法なのに」

一撃の威力を無数の矢に分散したためだ。

「一直線にしか飛ばないはずのそれが、複雑な動きで飛び回った。索敵し、追尾し、正確無比の攻撃を見舞う……『ウインド』に並ぶ風属性の最弱魔法ですよ？　それに、あんな真似をさせられるなんて」

やれやれ、とゲルズは首を振った。

「ルシアンくんが、やっつけたの？　グレイウルフたちを」

目元を赤くするイリーナが俺の顔を覗き込んだ。

「はい」

イリーナが一度ゲルズの顔を見ると、苦笑した。

「元々風属性に強い耐性のあるグレイウルフを、最弱の風属性魔法で倒したんだ」

「耐性があったら魔法効果はかなり薄くなる……」

教科書を読み返すようにイリーナがぽつりとこぼし、ゲルズが教えてくれた。

「討伐隊の認識は――というか世間的には、風属性はグレイウルフには効果がないとされている。だから火炎属性を中心に選抜したんだが……ロクにひるませることもできなかったよ」

なるほど。準備はしたが、威力不足、もしくは情報に不足があった、と。

「耐性をものともしない威力。まさしく、規格外だ」

「ルシアンくんが、あたしたち選抜隊や討伐隊のみんなを守ってくれたんだね」

目を見てそんなセリフを言われると、照れてしまう。

「えっと、実績に、なるので……」

目を逸らしながら言うと、またイリーナに抱きしめられた。

俺に気づいたハンネもこちらへやってきた。

一人で複数の魔物と戦っていたハンネだったが、受けた傷は軽いようで、手当てもすぐに終わったらしい。

「あの大きな魔物……グレイウルフのように見えたが、今まで見たどんなそれよりも大きかった。あれも、ルシアン、君が？」

三人とも確信は揺らがないらしく、じいっと俺の返答を待っている。

「はい」

ハンネが頭を振って笑う。

「討伐隊本部では、現れたあの魔物は、バーサク・グレイウルフと呼称して、災害級の魔物に指定して、各組織から応援を呼ぼうとしていたそうだ」

「災害級……!?」

ゲルズが目を剥いて驚いた。

「なんですか、それ？」

俺が訊くと、イリーナが教えてくれた。

「えっとね。魔物の強さを表すランクだよ。『下級』『中級』『上級』『幻想級』『災害級』『神話級』っであって、上級より上の三種類は、上下とかはなくて、個体別によって呼称されるの」

「その通り。ただ、上級以上の三種を……個人で倒したという話は、聞いたことがない。まだ信じられない」

ゲルズがちらりとこっちに目をやった。

「であるな。幻・災・神の三種は、冒険者でいうならSランクパーティが複数で討伐する敵だ。軍が対処するなら、国を挙げての討伐作戦になるであろう」

あのバーサク・グレイウルフは、そんなに強敵だったのか。

同情するあまり、すぐ殺してやらねばと思い『極撃砲《カノン》』で消し飛ばしてしまったから、戦闘にすらならなかった。

イリーナだけは「すごいっ、すごいっ！」と無邪気に褒めてくれた。

「……ルシアン、君は、今日ここにはいなかった」

ハンネの言葉に、ゲルズもうなずいた。

「君は、今教室で講義を受けていた。いいね？」

「まずいことでしたか……？」

「討伐隊数百人の窮地を救ったルシアンの行動は、称賛されるべきことだ」

そう言って、嘆くようにハンネは首をゆるく振る。

「……だが、このことを軍や魔法省の連中が知れば、完全に兵器扱いされたり、研究対象にされたりしてしまうだろう。そうなれば、今の生活は送れなくなる」

俺には持論を布教するために、宮廷魔法士になって独自魔法を広める目的がある。

兵器や研究対象扱いでは、「珍しい個体」と認識されてしまう。

俺がやろうとしていることと、まるで逆。

特別な存在だからこの魔法能力があるのではない。

今があるのは、持論を信じ鍛練し続けた結果だ。一部例外もあるが、ともかく、俺流の魔法を特殊なものだと思われるのは困る。

「でも！　ルシアンくんがいたから、わたしたちは無事で森を出られてるんです。わたしたちだけじゃなくて、他の討伐隊の人たちもです」

「もちろん、その功績を蔑ろにするつもりはない。ゲルズと共に、学長に相談する」

今回の戦闘に準ずる何かしらの実績がもらえるらしい。

「よかったね、ルシアンくん」

「はい。ありがとうございます」

いないことになっているので、ゲルズには「今すぐ、こっそりと帰りなさい」と学院に戻ることを促され、俺は野営地をあとにし学院へと帰った。


「どこ行ってたのよ？」

学院に戻ると、ソラルに見咎められた。

「ちょっと、トイレに」

「トイレ、校舎内にいくつもあるんだけど？」

ソラルは、俺がどこに行っていたのか知ってて訊いている雰囲気がある。

俺は降参するように、ため息をついた。

「討伐隊のことが気になったんです」

「だと思った」

呆れたようにソラルは眉をひそめた。

「マクレーン様から、無茶はさせないようにって言われているんだから。派手な行動は慎んでよね。大暴れしてないでしょうね？」

「してないですよ」

ならいいけど、とソラルは一安心したようだった。

「ソラルさんにはわからないと思いますが――」

「何よ、その前置き」

「僕の魔法をみんなに知ってもらうために、客観的な、誰もが納得する肩書きや実績が必要なんです。ソラルさんが推薦状を書いてくれたように」

「まあ、ちびっ子だしね」

「それ以上に、村人の子だからです」

俺は、学院に通う誰よりも、優秀である必要があるし実績もまた然り。

「焦らなくても、きっと大丈夫よ」

今回の件は、功に逸った行動だったと言われればそれまでなので、何も言い返せなかった。

ソラルがしゃがんで、俺に目線を合わせた。

「マクレーン様も、私も、イリーナも、ルシアンのことを認めている。心配しないで」

うなずくと、俺の手を取ってソラルが歩きはじめた。

「具体的に何をしてきたのよ？」

いたずらっぽく訊くので、本当のことを教えると、ぎゅっとほっぺをつねられた。

「大暴れしてるじゃない！」

「痛い、痛い」

「何かあったらどうする気だったのよ」

「でも――」

サクサク、と足音が聞こえると、鞄から抜け出したらしいロンがこちらに走ってきていた。

「ロンッ」

どふっ、とソラルに体当たりをする。

「きゃ!?　ちょっと何よ」

ロンが、たしたし、とソラルの足を抗議するように叩き、うぅ～、と低い声で唸った。

どうやら、俺がソラルにいじめられていると思っているらしい。

抱き上げて、お礼を言っておいた。

「ありがとう、ロン。僕は大丈夫だから」

そうなの？　と言いたげに小さく首を捻ると、わっさわっさ、と尻尾を振った。

ソラルが触ろうとすると、歯を剥き出しにして威嚇した。

「ちょっとくらいいいじゃない！　可愛いのに可愛げのない謎生物！」

よくわからない罵り方だった。

そうだ。グレイウルフは、風の魔法に耐性があり、火の属性を苦手としている——それなのに、火の属性にも耐性があった。

ソラルにそのことを教えると、不審げに眉をひそめた。

「グレイウルフが？　おかしいわね……」

「そのせいで、現場は大混乱だったんです」

「一概には言えないけれど、変異種って場合もあるから今回がそうだったんじゃないかしら？」

自然発生した変異種ならいいが、人為的に変異させられた可能性があるかもしれない。

釈然としないでいると、講義が終わるチャイムが鳴る。時間を尋ねると、今のが四時限目だという。

無断で講義を二つ休んでしまった。

「これじゃあ、優秀とは言えないわねー？」

くすっと笑いながら、からかうように言った。

くっ。今回ばかりは、ソラルが正しい。後ろ指を指される要素をなくそうというのに。

「そうですね、今度から無断で外出するときは、早めに戻ることを心がけます」

「そこじゃなくて。無断外出をやめなさいよ」

頬をつんつん、とつつかれた。


その日の夕方。

選抜隊が帰ってきた。教室の窓から見えた様子では、疲れた表情をしているものの、大怪我を負っている者はいなかった。

イリーナがまず俺に気づき手を振ると、それを怪訝に思った生徒がイリーナに何か尋ね、説明をする。合点がいったような顔をした生徒が、他の生徒たちに何かを言っている。

イリーナが駆け寄ってくるので、窓を開けよう。

……と、思ったが鍵のあるところまで手が届かない……。

踏み台にできそうな椅子を引きずり、鍵を開けた。

「イリーナさん、お疲れ様でした」

「どうなるかと思ったよ～。ルシアンくんは、全然平気そうだね」

「いえ。少し疲れましたよ」

この体になって使ったことのない魔法を使うと、多少は堪えるのだ。

「君があのちびっ子？」

やってきた上級生らしき少年に訊かれ、どのちびっ子かはわからなかったが、うなずいた。

「助かったよ、本当にありがとう」

「僕は別に何も」

「そんなことないよ。どうやって現場まで来たのかわからないけど――」

『飛行』したとは、わざわざ教えなくてもいいだろう。

「君のおかげで、選抜隊だけじゃなく討伐隊も冒険者も、あの作戦に参加したたくさんの人が命を落とさずに済んだよ」

少年と話しているうちに、その数はどんどん増えていった。泣きながらお礼を言う少女や、魔獣を目の前にして足がすくんだ、と語る少年も、俺に感謝を伝えてくれた。

俺は、自分のために行動をしたまでだ。感謝されるようなことは何もしていない。

……でも、と思う。

俺の魔法を広め魔法文明を発展させ、人の生活を豊かにする――というのを縮図にすると、きっと、こうなるのだ。

人生を費やして魔法を極めてきた意味は、たぶん、ここにある。

照れくさかったが、一言だけ「どういたしまして」と集まった選抜隊に言った。

イリーナが俺の魔法について何か教えていたのか、魔法について、様々なことを訊かれた。さすがは学院の優秀者の選抜隊。魔法に対する学習意欲はかなり高かった。

学院生たちに熱意と関心を持たれては、無下にできるはずもない。

「僕が使っている魔法は――」

わかりやすく噛み砕いて、俺は自分の考えを伝えた。

エピローグ

wizard of Sanctuary

カーン

「まったく、どうしたものか」

選抜隊が帰還した報告をゲルズとハンネから受けて、カーンは小さくため息をついた。

ハンネを下がらせたあと、学長室の机の前で残ったゲルズは言う。

「災害級を、瞬殺でした。目を疑いましたが、事実です」

まるで武勇伝を語るかのように話してくれた。

「ルシアン・ギルドルフ……」

入学時に書いてもらった自己紹介用紙には、村出身で、魔法を学んだ経験もないとある。

個人的に調査を入れたが、やはり村人の子供でしかなかった。

そんな子供が……。

ゲルズを圧倒した入学試験のときから、非凡なものを見せてはいたが、まさかここまでとは。

利用できると思った。

が、その毒は強すぎた。

「学長。彼は……神の使徒とされている、神に愛されし者ではないですか？」

「そのような者は存在しない」

……と、されている。

だが魔法界では、都市伝説のように神の使徒の話がささやかれている。

時代の節目にやってくるとされる神の使徒。彼、もしくは彼らは、神の意思を携え変革をもたらす、と。

世界の歴史は遡れて三〇〇年。——それ以前のことは、今や誰も知らない。

過去を知る書物もなく魔法書もなく、戦乱を期にすべてが破棄されたという。

記録を残すのに最適な紙は、王国が製造数を管理し手軽に扱えないほどの高値となった。

粘土や木など、選ばなければ記録は残せるが、大量の情報を残すのには適していない。

「学長……やはり、ルシアンが言うように精霊は……」

ルシアンは、圧倒的な魔法能力を戦場で示したという。

「魔法省の人間がこれを嗅ぎつければ、ワシもタダでは済まん。ゲルズ、おまえもだ」

「重々心得ております……しかし」

「これ以上言うな。魔法省に睨まれては出世もままならぬからな。あの子は、少々危険過ぎる」

ソラルの話では、精霊は不要で人は自らの力で魔法を放つことができる、とルシアンは語ったそうだ。

「精霊が不要などと、そんな思想を広めてはならぬ。それは、魔法界全員の足下から地面がなくなるのと同じことであるぞ」

魔法に携わるすべての人間の常識が、間違っていたと突きつけられてしまう。

万民が魔法を使えるとなると、特権階級である支配層と被支配層の境が曖昧になる。

そのような思想を魔法省が許すはずがない。

「これは好機でもあります。ルシアンを上手く使えば、他とは抜きんでた成果を上げ、学院序列を変えられます。ひいては学長や魔法使いの講師の評価に繋がります」

カーンが学長を務めるエーゲル魔法学院の序列は、五つあるうちの五番目――序列最下位とされていた。

上手く使うつもりでいたが、扱いの難易度が高すぎた。

ひとつ間違えれば、その毒は自分を侵すだろう。

ゲルズ曰く、王国では類を見ないほど強いという。それも厄介だった。簡単に存在を無視できない。

悩むように、カーンは長いため息を吐いた。

「諸刃の剣……か」

とん、とん、と人差し指で机を叩く。

「学院を辞めさせたとしても、あの子の魔法が精霊頼みではないことは、いずれ周知となるだろう。ここを辞めさせても他の学院に行くとも言っておった。そのとき、利用しようと企む者がいれば厄介なことになる」

「では、どうすれば」

「そうだな……」

長考し、カーンはようやく考えをまとめた。

切り札として、手元に置いておく。だが、その札は極力切らない。切らないように善処する。

「破滅の崖っぷちに追いやられたときに、はじめて利用することにしよう」

平時は管理下におき、おかしな言動を規制していけばいい。

まだ五つの子供だ。

魔法を、世界の常識を、理を教え込む。

ここは、魔法学院なのだから。

「では、来月にある魔法競技会は……」

「悠長に構えていられないようだな」

魔法競技会は、年に一度の五学院合同で行われる、生徒代表たちによる魔法能力の発表会だ。

去年の苦い記憶をカーンは思い出した。

『ルシアン・ギルドルフ』と書かれた記入用紙に目をやって、ぽつりとこぼす。

「村人の子か。それとも、神の使徒か？　いや、それとも、破滅の使者か？」

《了》

特別収録

wizard of Sanctuary

魔法の道を究め その技術を極めた
魔法を使う者 としての最高称号 「賢者」とも 呼ばれた
スー…
だが その知識や技術を 誰かに伝えよう とは思わなかった
きっと 理解されない
それよりも 自分の研究をひたすら 続けたかった…
変わり者と揶揄されようが 「神域の魔法使い」と もてはやされようが 外聞など気にした事もない
しかし 神域の魔法使い とはいえど 不治の病には どうにも敵わない
生涯をかけた魔法研究が このまま誰にも知られず 消えてしまう…
今更だが…誰かに 伝授しておけば よかったと思う
——だから
この転生魔法を

神域の魔法使い
～神に愛された落第生は魔法学院へ通う～
原作＝ケンノジ　漫画＝ :/XUEFEI
キャラクター原案＝乃希

どうやら
死んだらしい
転生するのになにか手続きは必要なのだろうか
やぁ
賢者
あんた誰だ
俺を知っているのか

もちろん
ボクは君たちニンゲンがいうところの神だから
なんでもお見通しさ
それなら話は早い早く転生させてくれ
すぐに生まれ変われるはずだったんだが
そうだ…
次の人生では俺の知識や技術を残して魔法界に貢献したい……
好きな女がいたら結婚して子をなそうそして……その子に全てを伝えよう
それが叶わなければ弟子をとろう……
それだけが心残りだから

ああ うん
そうだね
その予定だけど ちょっと君に 話があって
話？
そう
偏屈で変わり者の 君が 魔法について 誰かに伝えたいと 願うなんて……
ボクは 思いも よらなかった
その為の 転生を今 あんたに 邪魔されている
ハハハ
そう 邪険にしないで おくれ
ボクは 君の魔法技術や知識 魔法への探求心を 買ってるんだ
それは 場合によっては 神さえ 凌ぐものだ

今の世界は想定以上に魔法技術の進歩が遅くてねボクはそれを憂慮していたんだ
だから君の魔法界へ貢献したいという思いに賛同したのさ
だから……さ
ボクたちの願いが叶えられるように君に『祝福』を与えよう

神の祝福――
前の人生では君は歴史に名を残し『近代魔法の父』と呼ばれ語り継がれる人物になる……〝筈だった〟
歴史に名を残す聖職者
はたまた時の権力者
英雄……時代の寵児
彼らは神から特別な力――祝福を得たとされている
偏屈で悪かったな
むっ
NUMQUAM!
偏屈で良かったのさ だからこそ探求し極める事が出来た
神《ボク》すら認めざるを得ない神域の魔法使いとなれた

Benedictio
Initium sapientiae timor Dei
Verba volant scripta manent
神の使いとなった君に
良き二度目の人生があらん事を

バッ
あう
ルーくん起きちゃった？
どうだルシアンの様子は
起きちゃったけどまだ眠そう

じ
しかしもっと赤ん坊は泣くものだと思ったんだが
珍しい子もいるもんなんだなぁ
もしかすると天才かもしれないぞ

くす
あなた早くも親バカね
何だっていいわよ
体が丈夫できちんと育ってくれれば
くすくす
どの夫婦も鑑定前は
皆似た様な事を言うもんさ
ルシアンはどんな仕事に適性があるのかしら
もしかすると大魔法使いの適性があったりしてな

親バカだねぇ
あんたたちは貴族と血縁関係でもないじゃないか
なるほど…赤ん坊のときに適性鑑定を行えば将来何になれるのかどの道に進めばいいのかという指標になる
寄り道をしないで済むということか
行くよ
ど どうでした……!?
ちょっと待っておくれ

じーー
俺のことを視ようとしているのか
ヴォン
ヴォン
ううん？
よく視えない……？
俺は勝手に能力を透視されないように『隠蔽』の魔法を使っている
それが今も有効なのであれば俺の能力は引き継がれていると思っていいだろう
自分に鑑定魔法を使ってみるか
神の祝福とやらが何かも分かるだろう

「鍛冶」「創薬」「空間」
「重力」「付与定着」
……それから
「神の加護」
……あらゆる不運を回避する
確かに不治の病は不運と言えば不運だろう
同じ事を繰り返さないようにという配慮か
これが祝福か
しゃ
しゃ……
べった……?
そ
空耳よ
きっと

今この体で
どんな魔法が
使えるのか
…………
しゃべった!
もぞ
もぞ
筋力は無いに等しいか
ならば……
支援影法師

影が自身のいつもの動きを
再現してくれる魔法
「支援影法師」……
よし
問題なく
魔法が使えるな
………立った……

えっ
まぁ…
った
たた
立った…？
父母よ
これしきで驚いてもらっては困る
しゃべってる！やっぱりしゃべってる!?
人間一人を育てることは多大な苦労があると思うが
これからよろしく頼む
ペコッ
礼儀正しい!?
発言が大人!?

な・・・
なんじゃこりゃあああああ!!!
腰を抜かすほどとは……
こんなに驚かすつもりはなかったのだが

……立ったのがマズかったようだな
いやいや!
全部全部!
はあ…

か母さん……
生後三日なのに……
座り姿が……
ええ ええ
……座り姿に
威厳を感じるわ……
安心してほしい
自分の食い扶持は
自分でどうにかする
母さん!
ルシアンが
旅の武芸人
みたいな事
言い出したぞ!
『支援影法師』が
使えるのなら
神から授かった魔法も
問題ないはず……

「重力」
ふわ
お
ふむ
任意の重力に調整できるようだ
これは便利だな
ちゅちゅちゅちゅっ
か可愛い!?
宙に浮いてる!?

移動するのなら
こちらのほうがいいな
転生魔法は親を選べない
だが……
いい両親のようで安心した

――五年後
ルーくん
今日はお夕飯何食べたい？
今日は羊肉がいいかな
そろそろ……この体も魔力に慣れてきたかな
さてと――
TO BE CONTINUED...

神域の魔法使い
3月14日連載開始！
雷帝と呼ばれた最強冒険者、
魔術学院に入学して一切の遠慮なく無双する
好評連載中！
2021年2月28日より連載開始！
-話題のコミック、今春より順次連載スタート-
コミックノヴァ新創刊
COMIC NOVA
ノヴァ

あとがき

どうもこんにちは。ケンノジです。

ここ二、三年ほどはお陰様で忙しくさせていただいており、ウィルス等で世界が大変なことになっていますが、体調も大きく崩すことはなく、至って健康に過ごしている今日この頃です。

まあ……この一年でただの風邪は二度ほどひきましたが。

自分の場合はほぼ毎日ランニングか筋トレをしているので、それがストレス発散になったり体調を整えることにつながったのかなと思います。……風邪はひいてますが。

コロナウィルスの関係で、思ったように外出できなくなったり、会食ができず、知人や友人と会えない期間が続いておりますが、作家業をはじめてからというもの、人に会う機会がそもそもないので、自粛せよというお達しがあっても、ケンノジには無風で影響はとくにありませんでした。自宅だけでこっそりと生きている人種なので。

こういうときにインドアの趣味があったり、一人で時間を過ごすことが苦ではないっていうのは強いなと思うばかりです。

さて、本作がついに刊行を迎え、なんとコミカライズの連載が決定しました。本書を読まれた方はおわかりかと思いますが、漫画もすごく良い出来となっています！

ケンノジは「チート薬師のスローライフ」というアニメ化が決まっている作品の執筆もしております。癒し系スローライフファンタジーです。よろしければこちらも是非読んでみてください！

アニメ化もそうですが、一作を世に出すというのは、色んな方のお世話になってはじめて成立することですので、本作の刊行に携わってくださった関係者の皆様、書店様書店員様には感謝しかありません。

本当にありがとうございます。

このことを忘れることなく、また精進していく所存です。

どこかでまた作品を通してお会いできれば幸いです。

ケンノジ

異世界領地改革
~土魔法で始める公共事業~
布袋三郎
HOTEI SABUROU
イラスト イシバシヨウスケ
1～2巻好評発売中!!
転生した世界で授かったのは
累計
10000000
PV!
土魔法と無限の魔力
公共事業で
みんなを笑顔に!
©Saburou Hotei

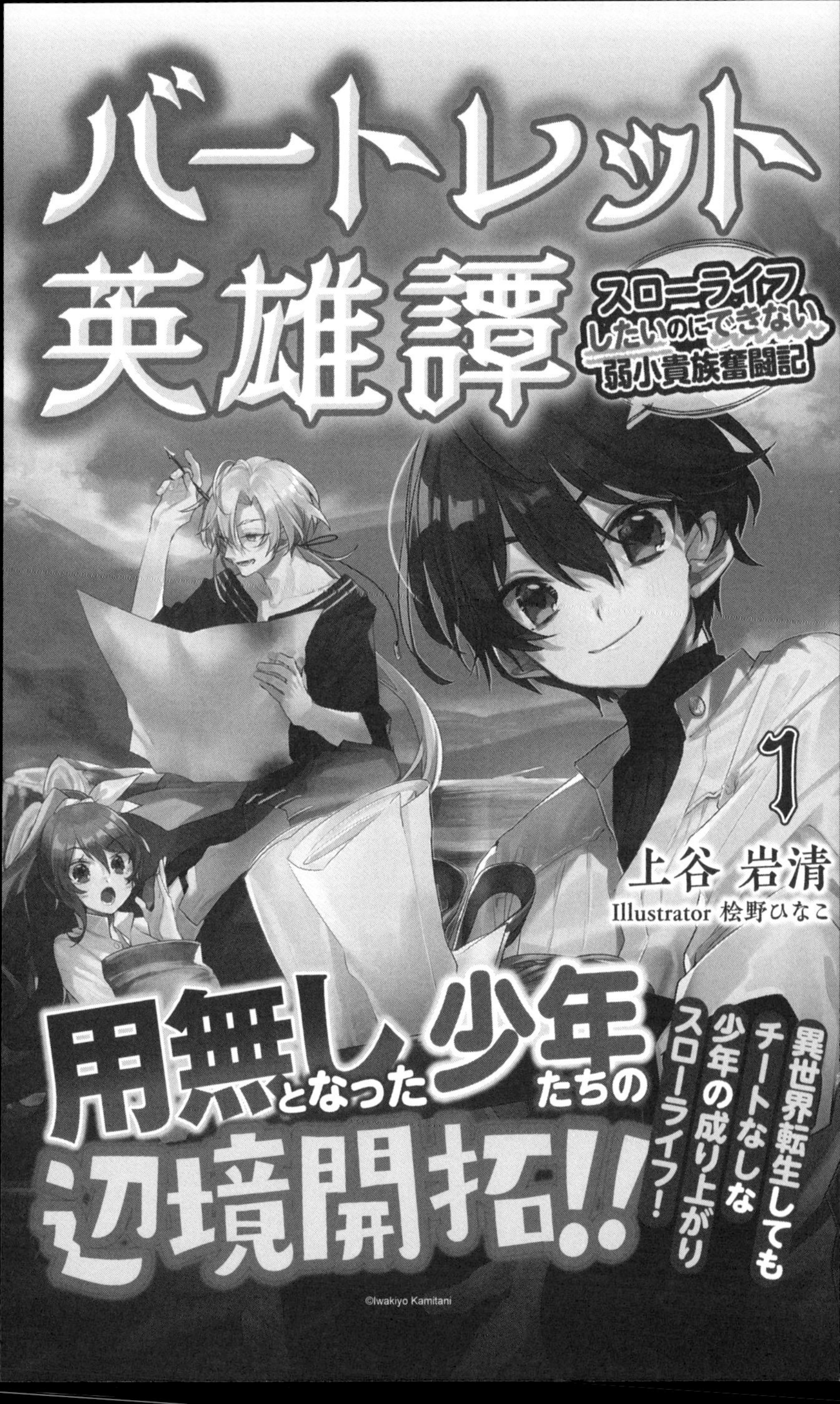

バートレット英雄譚
スローライフしたいのにできない弱小貴族奮闘記
1
上谷 岩清
Illustrator 桧野ひなこ
用無しとなった少年たちの辺境開拓!!
異世界転生してもチートなしな少年の成り上がりスローライフ!
©Iwakiyo Kamitani

神域の魔法使い
～神に愛された落第生は魔法学院へ通う～

発　行
2021年3月15日　初版第一刷発行

著　者
ケンノジ

発行人
長谷川　洋

発行・発売
株式会社一二三書房
〒101-0003　東京都千代田区一ツ橋2-4-3 光文恒産ビル
03-3265-1881

デザイン
erika

印　刷
中央精版印刷株式会社

作品の感想、ファンレターをお待ちしております。
〒101-0003　東京都千代田区一ツ橋2-4-3 光文恒産ビル
株式会社一二三書房
ケンノジ 先生／乃希 先生

Printed in japan, ISBN 978-4-89199-703-8
※本書は小説投稿サイト「小説家になろう」（http://syosetu.com/）に
掲載された作品を加筆修正し書籍化したものです。